Aventurs Pinocchio

Moy a lyvrow Kernowek dhyworth Evertype

Aventurs Pinocchio (Carlo Collodi, tr. Nicholas Williams 2018)

Pystrior Marthys Pow Òz (L. Frank Baum, tr. Nicholas Williams 2017)

Dracùla hag Óstyans Dracùla (Bram Stoker, tr. Nicholas Williams 2016)

Honna: Story Viaj Coynt (H. Rider Haggard, tr. Nicholas Williams 2016)

Câss Coynt an Doctour Jekyll ha Mêster Hyde (R.L. Stevenson, tr. Nicholas Williams 2015)

Der an Gweder Meras ha Myns a Gafas Alys Ena (Lewis Carroll, tr. Nicholas Williams, 2015)

Aventurs Alys in Pow an Anethow (Lewis Carroll, tr. Nicholas Williams, 2015)

Gooth ha Gouvreus (Jane Austen, tr. Nicholas Williams, 2015)

An Hobys, pò An Fordh Dy ha Tre Arta (J.R.R. Tolkien, tr. Nicholas Williams 2014)

Tredden in Scath (Heb Gwil Mencyon a'n Ky) (Jerome K. Jerome, tr. Nicholas Williams 2014)

Geryow Gwir: The lexicon of revived Cornish (Nicholas Williams 2014)

An Gwyns i'n Helyk (Kenneth Graham, tr. Nicholas Williams 2013)

Gwerryans an Planettys (H.G. Wells, tr. Nicholas Williams 2013)

Ky Teylu Baskerville (Arthur Conan Doyle, tr. Nicholas Williams 2012)

Flehes an Hens Horn (Edith Nesbit, tr. Nicholas Williams 2012)

Desky Kernowek: A Complete Guide to Cornish (Nicholas Williams 2012)

An Beybel Sans: The Holy Bible in Cornish (tr. Nicholas Williams 2011)

Whedhlow ha Drollys a Gernow Goth (Nigel Roberts, tr. Nicholas Williams 2011)

The Beast of Bodmin Moor: Best Goon Brèn (Alan Kent, tr. Neil Kennedy 2011)

Enys Tresour (Robert Louis Stevenson, tr. Nicholas Williams 2010)

Whedhlow Kernowek: Stories in Cornish (A.S.D. Smith, ed. Nicholas Williams 2010)

The Cult of Relics: Devocyon dhe Greryow (Alan Kent, tr. Nicholas Williams, 2010)

Jowal Lethesow (Craig Weatherhill, tr. Nicholas Williams, 2009)

Kensa Lyver Redya (H. Treadwell & M. Free, tr. Eddie Foirbeis Climo, 2009)

Adro dhe'n Bÿs in Peswar Ugans Dëdh (Jules Verne, abridged and tr. K. Hocking, 2009)

Aventurs Pinocchio
Whedhel Popet

Screfys gans
Carlo Collodi
(Carlo Lorenzini)

Trailys dhe Gernowek gans
Nicholas Williams

Delînyansow gans
Enrico Mazzanti

evertype
2018

Dyllys gans/*Published by* Evertype, 19A Corso Street, Dundee, DD2 1DR, Scotland. *www.evertype.com.*

Mamditel/*Original title*: *Le Avventure di Pinocchio: Storia di un Burattino.* Firenze: Felice Paggi Libraio-Editore, 1883.

An dyllans-ma/*This edition* © 2018 Michael Everson.

Versyon Kernowek/*Cornish version* © 2018 Nicholas Williams.

Kensa dyllans December 2018.
First edition mis Kevardhu 2018.

Y kefyr covath rolyans rag an lyver-ma dhyworth an Lyverva Vretennek.
A catalogue record for this book is available from the British Library.

ISBN-10 1-78201-237-0
ISBN-13 978-1-78201-237-5

Olsettys in/*Typeset in* Bembo, Anzeigen Grotesk, Blachmore, Etienne, & ITC Century gans/*by* Michael Everson.

Delînyansow/*Illustrations*: Enrico Mazzanti, 1883.

Cudhlen/*Cover*: Michael Everson.

Pryntys gans/*Printed by*: LightningSource.

ROL AN LYVER

CHAPTRA I

Fatla wharva Maestro Keresen,
carpentor dhe drouvya etew esa owth ola
hag ow wherthyn kepar ha flogh.

I'n termyn eus passys yth esa—
"Mytern!" a vynsa leverel dystowgh ow redyoryon vian vy.

Nâ, a flehes, camgemerys owgh why. I'n termyn eus passys yth esa etew. Nyns o va etew a valew brâs. Nag o poynt. Nyns o ma's darn cunys, onen a'n etewy tew-na a vëdh gorrys aberth i'n forn pò wàr an tan rag tobma rômys ha chambours.

Ny worama poran fatla wharva saw an gwiryoneth yw fatell veu an etew-ma kefys in shoppa carpentor coth. Maestro Antonio o y wir-hanow, saw ev a vedha gelwys Maestro Keresen dre rêson poynt y frigow dhe vos mar lenter ha mar rudh pùpprës avell keresen athves.

Kettel wrug ev gweles an etew-ma, y feu Maestro Keresen lenwys a lowender. Ev a rùttyas y dhêwla warbarth hag a leverys in dadn y anal dhodho y honen:

"Yma an etew-ma devedhys i'n prës ewn. Me a vydn y ûsya rag gwil troos rag bord."

Adhesempys ev a dhalhednas an vool rag dyrusca an etew ha rag shâpya an predn. Pàn esa ev ow mos dhe weskel an predn rag an kensa prës, ev a savas ha'y vregh cregys i'n air, rag ev a glôwas lev bian tanow worth y besy,

"Kebmer with, mar plêk! Na wra ow cronkya mar grev!"

Assa veu sowthenys Maestro Keresen coth!

Ev a veras adro i'n rom dhe weles ableth esa an lev bian-na ow tos, saw ny welas ev den vëth. Ev a whelas in dadn an benk. Nyns esa den vëth. Ev a whelas aberth i'n amary a vedha degës pùpprës. Den vëth. Ev a whelas in mesk an scobmow plainys. Den vëth. Ev a egoras doras an shoppa hag a veras an strêt in bàn ha wàr nans. Den vëth. Ytho?

1

"Me a wel," yn medh ev ow wherthyn hag ow cravas y fâls-blew, "apert yw na wrug vy ma's desmygy me dhe glôwes an lev tanow-na. Gesowgh ny dhe lavurya arta."

Ev a gemeras an vool in bàn arta ha ry strocas sevur dhe'n etew.

"Ogh, yth esta worth ow fystyga vy!" a grias an keth lev feynt.

An treveth-na y feu omlavar Maestro Keresen, y lagasow ow lebmel in mes a'y bedn gans own, y anow ledan-egerys ha'y davas ow cregy wàr nans dh'y elgeth. Kettel wrug ev dascafos y gows, ev a leverys in udn grena hag ow stlevy rag ewn euth,

"Able teuth an lev bian-na pàn nag eus den vêth obma? A yll bos martesen an etew-ma dhe dhesky ola ha lamentya kepar ha flogh? Scant ny allama y gresy. Otta an etew-ma, nyns ywa ma's cunys kebmyn kepar ha pùb etew aral, gwyw dhe vos gorrys i'n forn may halla bryjyon pot a fâ. Martesen yma nebonen cudhys ino. Ha mars ywa cudhys ino, dhe weth a vêdh dhodho! Me a vydn y gonclûdya!"

Gans an geryow-na ev a gemeras an etew inter y dhêwla ha dallath y gronkya fest dybyta. Ev a'n tôwlas dhe'n dor ha warbydn fosow an rom, hag in bàn bys in nen kyn fe!

Ev a wortas erna wrella clôwes an lev tanow owth ola hag ow cria. Ev a wortas dyw vynysen—tra vêth; pymp mynysen—tra vêth!

"Ay, me a wel," yn medh ev owth assaya yn colodnek dhe wherthyn hag ow cryhy y fâls-blew gans y dhêwla. "Apert yw na wrug avy ma's desmygy me dhe glôwes an lev bian! Wèl, gesowgh ny dhe lavurya arta!"

Namnag o marow an gwas truan rag ewn euth. Rag hedna ev a assayas dhe gana cân jolyf dhe ry coraj dhodho y honen!

Ev a settyas an vool adenewen hag a gemeras in bàn an plain rag levna an predn, saw pàn esa ev ow tedna an plain in rag ha wàr dhelergh, ev a glôwas an keth lev bian. An treveth-ma yth esa an lev ow folwherthyn hag ev ow côwsel:

"Gas cres! Ogh, gas cres! Ha, ha, ha! Yth esta ow corra debron i'm torr!"

An prës-na Maestro Keresen a godhas kepar ha pàn veu va sethys gans godn. Pàn egoras ev y lagasow, yth esa ev ow sedha wàr an leur.

Chaunjys o y fâss. An own a wrug trailya poynt y frigow dhyworth rudh dhe vlou tewl.

CHAPTRA II

Yma Maestro Keresen ow ry an etew
dh'y gothman Geppetto, hag ev a'n kebmer
rag gwil Popet dhodho y honen, a wrello
dauncya, gwary gans cledha ha cryghlebmel.

I'n very prës-na, y feu clôwys nebonen ow knoukya wàr an daras. "Deus ajy," yn medh an carpentor, rag nyns o gesys ino nerth vëth rag sevel in bàn.

Gans an geryow-na y teuth aberveth cothwas bewek. Geppetto o y hanow, saw mebyon an côstys-na a'n gelwy *Polendina*, dre rêson a'n fàls-blew a vedha ev gwyskys ino dhe vos a lyw ÿs Eyndek melen.

Geppetto a ylly bos pòr growsek. Goev a wrello y elwel *Polendina*! Ev a vedha mar arow avell best gwyls ha ny ylly den vëth y gosolhe!

"Dùrda dhywgh why, Maestro Antonio," yn medh Geppetto. "Pandr'esowgh why ow qwil wàr an leur?"

"Yth esoma ow tesky calcorieth dhe'n mùryon."

"Lùck dâ re'th fo gans hedna!

"Pandra wrug dha dhry jy obma, a Geppetto wheg?"

"Ow threys vy. Ha te a vëdh plêsys dhe glôwes fatell wrug vy dos rag pesy favour dhyworthys."

"Otta vy obma dhe wil dhis servys," an carpentor a worthebys, ow terevel wàr y dhêwlin.

"Tybyans teg a dheuth dhybm hedhyw myttyn."

"Gas vy dh'y glôwes."

"Yth esen ow predery a shâpya popet teg dhybm a bredn. Res yw y vos marthys dâ hag abyl dhe dhauncya, dhe wary gans cledha ha dhe gryghlebmel. Ervirys yw genef mos adro i'n bës ganso hag indella dendyl nebes bara ha gwedren a win dhybm. Pandr'esta ow tyby adro dhe hedna?"

"God spêda dhis, Polendina!" yn medh an keth lev tanow, na wodhya den vëth able teuth e.

4

Pàn glôwas Maestro Geppetto ev dhe vos gelwys Polendina, ev êth mar gogh avell goos, hag ow trailya tro ha'n carpentor, ev a leverys dhodho serrys brâs:

"Prag yth esta worth ow despîtya?"

"Pyw usy worth dha dhespîtya?"

"Te a'm gelwys Polendina."

"Na wrug."

"Me a sopos te dhe gresy me dh'y wil. Te a wor te dh'y wil."

"Na wrug!"

"Gwrussys!"

"Na wrug!"

"Gwrussys!"

Y a bêsyas ow serry dhe voy pùb mynysen hag êth dhyworth geryow dhe strocosow, ha wàr an dyweth y a dhalathas cravas ha brathy ha gweskel an eyl y gela.

Pàn o dewedhys an omlath, yth esa fâls-blew melen Geppetto in dêwla Maestro Antonio, ha Geppetto a gafas fâls-blew crùllys an carpentor in y anow y honen.

"Ro dhybm arta ow fâls-blew," a grias Maestro Antonio, engrys y lev.

"Ro dhybm arta ow fâls-blew vy ha ny a vêdh cothmans arta."

An dhew gothwas bian, pùbonen gans y fâls-blew y honen adro dh'y bedn, a shakyas dêwla, hag a dos y fedhens cothmans dâ dh'y gela remnant aga dedhyow.

"Wèl dhana, Maestro Geppetto," yn medh an carpentor, may halla dysqwedhes nag o va serrys na felha, "pandr'allama gwil ragos?"

"Me a garsa darn predn rag gwil popet anodho. A wrêta ry hedna dhybm?"

Maestro Antonio, êth fest lowen dh'y venk rag cafos an etew neb a worras kebmys own ino. Saw pàn esa ev orth y ry dh'y gothman, an etew gans jag sodyn a slyppyas in mes a'y dhêwla ha gweskel Geppetto truan wàr y arrow ascornek.

"Dar, yw hebma an fordh glor mayth esta ow ry royow dhe'th cothmans? Namna wrusta ow evredhy."

"Duw yn fest, ny wrug avy y wil."

"Me a'n gwrug heb mar."

"Yth yw an etew-ma dhe vlâmya."

"Hèn yw gwir. Saw porth cov te dh'y dôwlel wàr ow garrow."

"Ny wrug avy y dôwlel."

"Gowek!"

"Geppetto, na wra ow despîtya poken me a vydn dha elwel Polendina!…"

"Idyot!"

"Polendina!"

"Asen!"

"Polendina!"

"Hager-sym!"

"Polendina!"

Pàn glôwas ev dhe vos gelwys Polendina rag an tressa treveth Geppetto a vuscogas yn tien hag a wrug dehesy y honen wàr an carpentor. Y a gronkyas an eyl y gela stag ena.

Warlergh an omlath-na, yth esa dew gravas moy wàr frigow Maestro Antonio, hag yth esa dew voton moy ow fyllel wàr gôta Geppetto. Indella y a wrug tylly an scot dh'y gela hag a shakyas dêwla in udn dia y fedhens cothmans dâ remnant aga dedhyow.

Ena Geppetto a gemeras an etew brav hag a aswonas grâss dhe Maestro Antonio, hag a dhewhelys tre in udn gloppya.

CHAPTRA III

Kettel dhewhelys Geppetto tre,
ev a wrug an Popet ha'y elwel Pinocchio.
Kensa prankys an Popet.

Kynth o chy Geppetto pòr vian, yth o kempen hag attês. Chambour bian o wàr level an dor, ha fenester vunys ino in dadn an stairys. Ny ylly an mebyl bos moy sempel: chair pòr goth, gwely coth diantel, ha bord hedrogh. Yth o olas leun a brednyer ow lesky paintys wàr an fos adâl an daras. Dres an tan yth o paintys pot lenwys a neppÿth, esa ow pryjyon yn lowen hag ow tanvon in bàn neb tra o kepar ha gwir-eth.

Kettel dheuth ev tre, Geppetto a gemeras y doulys ha dallath trehy ha shâpya an predn dhe wil Popet.

"Pandra wrama y elwel?" yn medh Geppetto dhodho y honen. "Yth hevel dâ dhybm dh'y elwel Pinocchio. An hanow-na a'n gwra rych. Yth o aswonys dhybm i'n termyn eus passys teylu henwys Pinocchio— Pinocchio o an tas, Pinocchia o an vabm, ha'y flehes o Pinocchi, hag y oll a's teva fortyn dâ. An person moyha rych anodhans a wre beggya rag dendyl y vêwnans."

Wosa dôwys hanow rag y Bopet, Geppetto a dhalathas gonys yn sevur rag gwil an blew, an tâl ha'n dhewlagas. Assa veu va sowthenys pàn verkyas ev an dhewlagas-na dhe waya ha dhe veras stark orto. Pàn welas Geppetto hedna, ev a gresy ev dhe vos despîtys, hag ev a leverys yn serrys:

"A hager-lagasow a bredn, prag yth esowgh why ow lagata kebmys orthyf?"

Ny dheuth gorthyp vëth.

Warlergh gwil and lagasow, Geppetto a formyas an frigow, hag y a dhalathas istyna in mes kettel vowns y gorfednys. Y a istynas hag a istynas hag a istynas, erna vowns y mar hir, y a hevelly bos heb dyweth.

Geppetto truan a bêsyas ow trehy hag ow trehy, saw dhe voy a wre va trehy, dhe voy a wre an frigow taunt-na tevy. In dyspêr ev a asas an frigow.

Ena ev a formyas an ganow. Saw kettel veu gwrës, an ganow a dhalathas wherthyn ha gwil ges anodho.

"Gwra cessya dha wherthyn," yn medh Geppetto yn serrys; saw y fia mar dhâ dhodho côwsel orth an fos.

"Gwra cessya dha wherthyn, me a lever," ev a ujas ha'y lev o kepar ha taran.

An ganow a cessyas wherthyn, saw ev a herdhyas in mes tavas hir.

Nyns o Geppetto whensys dhe dhallath argùment, ha rag hedna Geppetto a omwruk na welas ev tra vëth hag a bêsyas gans y lavur. Warlergh an ganow, ev a wrug an elgeth, hag ena an codna, an scodhow, an dorr, an dhywvregh ha'n dhêwla.

Pàn esa ev ow mos dhe worfedna bleynow an besias, Geppetto a gonvedhas fatell esa nebonen ow tedna y fâls-blew dhywar y bedn. Ev a veras in badn ha pandra welas ev? Yth esa y fâls-blew melen in dorn an Popet.

"Pinocchio, ro dhybm ow fâls-blew."

Saw in le a ry an fâls-blew dhodho, Pinocchio a'n settyas wàr y bedn y honen, hag ev a veu hanter-tegys in dadno.

Pàn welas ev an prat-na, nag esa ev ow qwetyas, Geppetto a veu fest morethak ha trist, moy trist ès bythqweth kyns.

"Pinocchio, te debel-vaw," ev a grias. "Nyns osta gorfednys whath, hag yth esta ow tallath dre dauntya gans dha das coth truan. Pòr dhrog, a vab, pòr dhrog."

Hag ev a wrug glanhe dagren dhywar y vogh.

Yth o an garrow ha'n treys whath dhe wil. Kettel vowns gwrës, Geppetto a glôwas pôt lybm wàr vleyn y frigow.

"Yma hedna dendylys genef," yn medh ev dhodho y honen. "Me a gottha predery a hebma kyns ès me dh'y formya. Lebmyn re holergh yw."

Ev a dhalhednas an Popet in dadn y gasel ha'y settya wàr an leur rag desky dhodho kerdhes. Saw mar serth o garrow Pinocchio, na wodhya ev aga gwaya. Geppetto a gemeras y dhorn hag a dhysqwedhas dhodho an fordh ewn rag gorra udn troos dhyrag y gela. Pàn o garrow Pinocchio moy heblek, ev a omsettyas dhe gerdhes ha dhe bonya adro dhe'n rom. Ev a dheuth bys i'n daras egerys, hag ow lebmel unweyth ev êth in mes i'n strêt. Ev a bonyas in kerdh.

Geppetto truan a bonyas wàr y lergh saw ny ylly ev y gachya, rag yth esa Pinocchio ow ponya hag ow lebmel pòr uskys, ha'y dhewdros a bredn ow qweskel meyn cauns an strêt hag ow qwil kebmys tros avell dêwdhek tiak in eskyjyow predn.

Yth esa Geppetto ow kelwel,

"Gwrewgh y gachya! Gwrewgh y gachya!" saw an bobel i'n strêt, pàn welsons Popet a bredn ow ponya mar scav avell an gwyns, a savas hag a wharthas ernag esens ow tevera dagrow.

Wàr an dyweth, dre fortyn dâ, y wharva Gwethyas Cres an fordhna, hag ev a glôwas oll an tros hag a gresy fatell o dienkys margh yonk. Ev a savas yn colodnek in cres an strêt, y dhewdros dysplêtys, hag ev porposys crev dh'y dhalhedna ha dhe lettya trobel vëth.

Pinocchio a welas an Gwethyas Cres i'n pellder hag a wrug oll y ehen dhe scappya inter garrow dysplêtys an qwallok brâs, saw ny spêdyas ev.

Heb chaunjya y stauns an Gwethyas Cres a'n sêsyas er an frigow (frigow pòr hir êns hag y a hevelly bos gwrës rag an very towl-na) ha'y ry arta dhe Maestro Geppetto. An cothwas bian a garsa tedna scovornow Pinocchio, saw gwrewgh desmygy pàna dùllys o va pàn remembras ev nag o y scovornow formys ganso.

Ny ylly ev ma's sêsya Pinocchio er an kilben ha'y gemeres tre. Pàn esa ev ow kerdhes tre, ev a leverys yn serrys dhodho dywweyth pò tergweyth:

"Yth eson ny ow mos tre lebmyn. Pan von ny in tre, ny a vydn restry an mater-ma."

Pàn glôwas Pinocchio hedna, ev a dowlas y honen wàr an dor hag a sconyas dhe gerdhes udn stap moy. An bobel a gùntellas, onen warlergh y gela, adro dhedhans aga dew. Radn anodhans a leverys udn dra, ha'n radn aral ken tra.

"An Popet truan," udn den a elwys. "Nyns yw marth dhybm na garsa ev mos tre. Heb dowt vëth Geppetto a wra y gronkya dybyta, rag ev yw mar dhydrueth ha mar gruel."

"Geppetto a hevel bos marthys densa," yn medh nebonen aral, "saw ev yw turont gans mebyon. Mar teun ny ha gasa an Popet truan-na in y dhêwla ev, martesen ev a wra y sqwardya dhe dybmyn."

An bobel a leverys kebmys may whrug an Gwethyas Cres fria Pinocchio ha hùmbrank Geppetto ganso ha'y dôwlel dhe bryson. Ny wodhya an cothwas truan fatla gottha dhodho omwetha y honen saw ev a olas hag a lamentyas kepar ha flogh, hag a leverys in mesk y olva:

"Te vaw ùngrassys. Ha me a assayas gwil Popet dâ y omdhegyans ahanas. Me a dhendylas hebma, bytegyns, rag me a dalvia predery moy adro dhe'n mater dhyrag dorn."

Whedhel ancresadow ogasty yw an taclow a wharva wosa hebma, saw why a yll y redya, a flehes wheg, i'n chaptras usy ow sewya.

CHAPTRA IV

An dra a wharva inter Pinocchio ha'n Gryll.
Yma hedna ow tysqwedhes na vëdh tebel-flehes pës dâ
dhe vos keskys gans an bobel a wor moy agessans y.

Termyn cot wosa hedna y feu Geppetto truan coth tôwlys dhe bryson. I'n mên-termyn yth esa Pinocchio, drog-pollat, ow ponya dygabester, frank dell o a dhalhen an Gwethyas Cres, dres gwelyow dres prasow, ow kemeres pùb scochfordh wosa y gela, tro ha tre. In y resegva wyls ev a labmas dres spern ha spedhes, dres goverow ha pollow, kepar ha pàn o va gavar pò scovarnak ha milgeun orthy y jâcya.

Pàn dheuth ev tre, ev a gafas an daras hanter-egerys. Ev a slynkyas ajy, alwhedha an daras ha tôwlel y honen wàr an leur, hag ev lowen dhe vos dienkys.

Saw ny dhuryas y lowena ma's prës cot, rag i'n tor'-na ev a glôwas nebonen ow leverel:

"Crî-crî-crî!"

"Pyw usy worth ow gelwel?" Pinocchio a wovydnas orto y honen, rag ev a gemeras own brâs.

"Yth esof vy worth dha elwel."

Pinocchio a draylyas hag a welas gryll brâs ow cramyas yn lent an fos in bàn.

"Lavar dhybm, te Gryll, pyw osta jy?"

"Me yw Gryll an Cows, hag yth oma tregys i'n rom-ma nans yw moy ès cans bledhen."

"Hedhyw bytegyns me a bew an rom-ma," yn medh an Popet, "ha mars osta parys dhe wil favour dhybm, kê in kerdh heb let ha na wra trailya kyn fe unweyth."

"Yth esoma ow sconya dhe asa an tyller-ma," an Gryll a worthebys, "erna wryllyf leverel gwiryoneth brâs dhis."

"Lavar e ytho ha gwra fystena."

12

"Goy an vebyon a wrella sconya dhe obeya dh'aga herens hag a wrella ponya in kerdh dhyworth aga thre. Ny vedhons y nefra lowen i'n bës-ma, ha pàn wrellens tevy in bàn, y a vydn kemeres edrek tydn."

"Gwra pêsya gans an gân-na, Gryll ow holon. An pëth a worama yw hebma: orth terry an jëdh avorow, me a wra forsâkya an tyller-ma bys vycken. Mar teuma ha gortos obma, an keth tra a whervyth dhybm usy ow wharvos dhe bùb maw ha dhe bùb mowes aral. Y a vëdh danvenys dhe'n scol, ha mynnens y pò na vynnens, y a res desky. Saw gas vy dhe dherivas dhis, cas yw dyscans genef vy. Moy sport ywa, me a grës, helhy tycky-duwas, crambla gwëdh ha ladra neythow ÿdhyn."

"Ass osta gocky, te vaw bian. A ny wodhesta, mar teuta pêsya indella, wàr an dyweth te a vëdh bobba, hag kenyver onen a vydn gwil ges ahanas?"

"Taw tavas, te Hager-Gryll!" Pinocchio a grias.

Saw an Gryll o fylosofer fur coth, hag in le a vos offendys dre dauntyans Pinocchio, ev a bêsyas ow côwsel in keth maner:

"Mar nyns usy an scol orth dha blêsya, prag na vynta desky neb myster dhe'n lyha, may halles dendyl dha vêwnans yn onest?"

"A wrama derivas neb tra dhis?" Pinocchio a wovydnas, rag yth esa ev ow tallath kelly perthyans. "Nyns eus ma's udn myster orth ow dydhana in mesk pùb myster i'n bës."

"Ha pana vyster a yll hedna bos?"

"An myster a dhebry, a eva, a gùsca, a wary hag a wandra adro mo ha myttyn."

"Gas vy dhe dherivas dhis er dha brow dha honen, Pinocchio," yn medh an Gryll, cosel y lev, "an re-na a vo ow sewya an myster-na, ymowns y oll ow tewedha i'n clâvjy poken i'n pryson."

"Kebmer with, te Hager-Gryll. Mar teuta ha gwil dhybm serry, te a gav edrek."

"Pinocchio truan, yma dhybm pyteth ahanas."

"Praga?"

"Rag Popet osta, ha lacka whath, dha bedn yw gwrës a bredn."

Pàn glôwas Pinocchio an geryow na, ev a labmas wàr y droys serrys brâs, kemeres morthol predn dhywar an benk ha'y dôwlel gans oll y nerth orth an Gryll.

Martesen ny gresy Pinocchio y whre va gweskel an Gryll. Trist yw leverel, a flehes cuv, saw ev a weskys an Gryll in gwir, wàr an pedn. Gans "crî-crî-crî" gwadn rag an dewetha prës an Gryll truan a godhas marow dhywar an fos.

CHAPTRA V

Pinocchio yw gwag hag ev a whelas oy
rag fria crampethen dhodho y honen; saw er y sowthan ot
an oy ow neyjya in kerdh dres an fenester.

Mar qwrug mernans an Gryll ownekhe Pinocchio wàr neb cor, ny dhuryas an own ma's tecken. Rag kepar dell esa an nos ow nessa, Pinocchio a glôwas gwacter in y bengasen, hag ev a remembras na wrug ev debry tra vëth whath. Yma ewl boos maw ow tevy pòr uskys, ha warlergh nebes mynys an sensacyon a wacter a veu nown brâs, ha'n nown a encressyas erna'n jeva ev nown bleydh.

Pinocchio truan a bonyas dhe'n olas, le mayth esa an pot ow pryjyon hag ev a istynas y dhorn in mes rag kemeres an gorher dhywar an pot, saw er y sowthan nyns o an pot ma's pyctour paintys. Gwrewgh desmygy fatl'o y jer. Y frigow hir a devys hag a devys erna vowns hirra a dhyw vêsva.

Pinocchio a bonyas adro i'n rom, ev a sarchyas oll an boxys hag oll an trogow tedna. Ev a veras in dadn an gwely y honen ow whelas darn a vara, na fors pana gales a ve va, pò tesen gales pò darn pysk martesen. Ascorn gesys gans ky a via dâ ganso. Saw tra vëth ny gafas ev.

Hag i'n mên-termyn yth esa y nown owth encressya pùpprës. Ny ylly Pinocchio sewajya y honen ma's dre dhianowy; ha dianowy a wrug heb dowt vëth. Ev a wrug dianowy mar ledan may whrug y anow istyna in mes bys y scovornow. Yn scon ev a veu pednscav ha gwadn. Ev a olas hag a groffolas dhodho y honen:

"An Gryll a leverys an gwiryoneth. Cabm o dhybm dysobeya ow thas ha forsâkya ow thre. A pe va obma lebmyn, ny vien mar wag. Ogh, ass yw uthyk bos mar wag!"

Yn sodyn ev a welas in mesk an scubyon i'n gornel neb tra rônd ha gwydn, pòr haval dhe oy yar. Dystowgh ev a dôwlas y honen warnodho. Oy o an dra.

15

Nyns o fìnweth vëth dhe lowena an Popet. Ny yllyr y dhescrefa, res yw dhewgh y dhesmygy ragowgh agas honen. Pinocchio o certan ev dhe vos ow qwil hunros, hag ev a drailyas an oy adro in y dhêwla, y jersya, abma dhodho ha côwsel orto:

"Ha lebmyn in pana vaner a wrama dha dharbary? A wrama crampethen? Nâ wrav, gwell yw dha fria in lecher. Poken a wrama dha eva? Nâ, fordh wella yw dha fria in lecher. Te a wra tastya dhe well."

Kettel leverys Pinocchio hedna, ev a dhalathas. Ev a worras padel vian dres fog vian leun a regyth bew. Ev a dheveras nebes dowr i'n badel in le a oyl pò a amanyn. Pàn dhalathas an dowr bryjyon— tack!—ev a dorras plysken an oy. Saw in le a wydn hag a velen an oy, Ydhnyk melen, pluvak ha jolyk a scappyas in mes anedhy. Hy a blegyas yn cortes dhe Pinocchio hag a leverys dhodho:

"Gromercy dhis in gwir, a Vêster Pinocchio, a sparya dhybm an ober a derry ow flysken ow honen. Farwèl ha fortyn dâ dhis, ha gwra ow remembra vy dhe'th teylu!"

Gans an geryow-na an Ydhnyk a lêsas y eskelly, hag ow fystena bys i'n fenester egerys, ev a neyjyas in mes i'n air ernag o va gyllys mes a wel.

An Popet truan a savas kepar ha nebonen trailys dhe ven, ledan-egerys y lagasow, egerys y anow ha dew hanter an blysken in y dhêwla. Pàn dheuth ev arta dhodho y honen, ev a dhalathas ola ha scrija uhella gylly, ow stankya y dreys wàr an leur hag ow lamentya pùpprës:

"Gryll an Cows a leverys an gwiryoneth. Na ve me dhe forsâkya ow thre hag a pe Tasyk obma i'n tor'-ma, ny vien ow storvya rag ewn nown. Ogh, ass yw uthyk bos gwag!"

Ha drefen y bengasen dhe vos ow croffolas moy ès bythqweth ha na'n jeva ev tra vëth rag y gonfortya, ev a brederys a gerdhes in mes i'n pow adro rag yth o govenek dhodho nebonen caradow martesen dhe ry dhodho nebes bara.

CHAPTRA VI

Yma Pinocchio ow codha in cùsk ha'y dreys
wàr an fog. Pàn wrella va dyfuna ternos vyttyn
yma y dreys leskys dhywarnodho.

Hegas o an strêt tewl dhe Pinocchio, saw ev o mar wag may
whrug ev ponya in mes a'n chy awos oll y own. Fest du o an
nos. Y hylly taran bos clôwys hag yth esa luhes ow lebmel
traweythyow dres an ebron, ow qwil mor a dan anedhy. Yth esa
gwyns gwyls ow whetha yn yêyn hag ow terevel cloudys tew a
dhoust, hag yth esa an gwëdh ow crena hag ow kyny.

Pinocchio a berthy own brâs a daran hag a luhes, saw brâssa o y
nown ès y own. Ny wrug ev kemeres moy ès dhewdhek labm erna
dheuth ev dhe'n beneglos, hag ev sqwith, ow pyffya avell mil mor
ha'y davas ow cregy in mes kepar ha tavas ky helghya.

Forsâkys ha tewl o an beneglos yn tien. Degës o an shoppys, an
darasow ha'n fenestry. Ny ylly bos gwelys ky kyn fe i'n strêtys. Yth
hevelly an tyller bos Peneglos an Re Marow.

In y dhyspêr Pinocchio a bonyas dhe dharas, tôwlel y honen wàr
an clogh ha'y dedna yn whyls, hag ev a leverys dhodho y honen:

"Nebonen a wra dos ha'm gortheby."

Ev a leverys gwir. Cothwas, cappa nos wàr y bedn, a egoras an
fenester ha meras in mes. Ev a grias dhe'n dor serrys brâs.

"Pandr'esta ow whansa mar holergh i'n nos?"

"Er agas jentylys rewgh nebes bara dhybm! Me yw gwag."

"Gorta pols ha me a vydn dewheles," yn medh an cothwas orth y
wortheby, rag ev a gresy nag o Pinocchio ma's onen a'n vebyon-na
a gar gwandra adro dres nos ow seny clegh an bobel pàn vowns y
ow cùsca yn cosel. Wosa mynysen pò dyw an keth lev a grias:

"Deus in dadn an fenester hag istyn dha gappa in mes."

18

Ny'n jeva Pinocchio cappa vëth, saw ev a spêdyas dhe dhos in dadn an fenester scon lowr rag cafos cowas a dhowr yêyn deverys wàr nans dres y bedn truan a bredn, wàr y scodhow ha wàr oll y gorf.

Ev a dhewhelys tre mar lëb avell clout ha sqwith gans kerdhes ha gans nown.

Drefen nag o nerth vëth moy gesys ino, ev a sedhas wàr scavel vian ha settya y dreys wàr an fog rag aga deseha. Ena ev a godhas in cùsk, ha pàn esa ev ow cùsca y dreys a bredn a dhalathas lesky. Yn lent, pòr lent y a veu duhës hag a drailyas dhe lusow.

Yth esa Pinocchio ow renky yn lowen kepar ha pàn nag o y dreys kelmys dh'y gorf. Pàn egoras ev y lagasow orth terry an jëdh, ev a glôwas nebonen ow knoukya yn crev orth an daras.

"Pyw eus ena?" ev a grias ow tianowy hag ow rùttya y lagasow.

"Me ywa," an lev a worthebys.

Lev Geppetto o.

CHAPTRA VII

Yma Geppetto ow tewheles tre
hag otta va ow ry y hawnsel y honen
dhe'n Popet.

Ny wodhya an Popet truan, nag o dyfunys yn tien whath, yth o y dreys leskys ha gyllys dhywarnodho. Kettel glôwas ev lev y Das, ev a labmas in bàn dhywar y scavel may halla ev egery an daras; saw kepar dell wrug ev indella, ev a drebuchyas hag a godhas warlergh y bedn wàr an leur.

Pàn godhas ev, ev a wrug kebmys tros dell wrussa sagh leun a bredn ow codha dhywar an pympes leur a jy.

"Egor an daras dhybm," Geppetto a grias dhyworth an strêt.

"A Dasyk, a Dasyk cuv, ny allama," an Popet a worthebys in dyspêr, hag ev owth ola hag ow rolya adro wàr an leur.

"Prag na ylta jy?"

"Drefen nebonen dhe dhebry ow threys."

"Ha pyw a wrug aga debry?"

"An gath," Pinocchio a worthebys, rag ev a welas an best bian-na ow qwary yn lowen gans nebes scubyon in cornel an rom.

"Egor dhybm dystowgh," Geppetto a grias arta, "saw me a vydn dha whyppya yn tâ, pàn wryllyf entra."

"A Dasyk, crës dhybm, ny allama sevel a'm sav. Ogh, ogh, res vëdh dhybm kerdhes wàr ow dêwlin remnant ow dedhyow."

Geppetto a gresy nag o oll an dagrow ha'n criow-na ma's prattys moy dhyworth an Popet. Rag hedna ev a gramblas tenewen an chy in bàn hag a entras der an fenester.

Kyns oll ev o fest engrys, saw pàn welas ev Pinocchio istynys in mes wàr an leur heb troos vëth in gwiryoneth, ev a veu pòr drist ha pòr vorethak. Ev a'n kemeras in bàn dhywar an leur, ha'y jersya hag abma dhodho, hag ev ow côwsel orto ha'n dagrow ow resek y fâss wàr nans.

"Ow Pinocchio munys, ow Pinocchio cuv colon. Fatla wrusta lesky dha dreys?"

"Ny worama, a Dasyk, saw crës dhybm, an nos-na newher a veu uthyk ha me a wra perthy cov anedhy oll ow bêwnans. Yth o an daran pòr uhel ha'n luhes pòr vryght—ha me o fest gwag. Hag ena Gryll an Cows a leverys dhybm, 'Yma hedna dendylys genes; te a veu pòr dhrog;' ha me a leverys dhodho ev, 'Kebmer with, te Gryll,' hag ev a leverys dhybm, 'Te yw Popet hag yth yw dha bedn gwrës a bredn;' ha me a dôwlas an morthol orto ha'y ladha. Ev o dhe vlâmya, rag nyns en vy whensys dh'y ladha. Ha me a worras an badel wàr an rygeth, saw an Ydhnyk a neyjyas in kerdh hag a leverys, 'Me a vydn dha weles arta. Gwra ow remembra dhe'th teylu.' Ha'm nown a encressyas, ha me êth in mes, ha'n cothwas esa cappa nos wàr y bedn a dowlas dowr orthyf, ha me a dheuth tre ha gorra ow threys wàr an forn rag aga deseha rag me o gwag pùpprës. Ha me a godhas in cùsk ha lebmyn gyllys yw ow threys saw nyns yw gyllys ow nown poynt. Ogh, ogh, ogh!" Ha Pinocchio truan a dhalathas scrija hag ola mar uhel, may hylly ev bos clôwys mildiryow adro.

Ny gonvedhas Geppetto ger vëth a'n cows kemyskys-na; ev a wodhya yn udnyk fatell o gwag an Popet, hag ev a gemeras pyteth anodho. Ev a dednas in mes teyr feren in mes a'y bocket hag a's offras dhodho ow leverel:

"Yth o an teyr fer-ma ervirys genef rag ow hawnsel. Saw me a's re dhis yn lowen. Gwra aga debry ha na wra ola na felha."

"Mars osta whensys me dh'aga debry, gwra aga dyrusca dhybm dell y'm kyrry."

"Aga dyrusca?" Geppetto a wovydnas, brâs y sowthan. "Bythqweth ny wrussen cresy, a vab wheg, te dhe vos mar dhainty ha mar dyckly adro dhe'th voos. Drog, pòr dhrog. I'n bës-ma res yw dhyn ny bos ûsys dhe dhebry kenyver tra, rag nefra ny woryn ny pandra vëdh orth agan gortos i'n norvës."

"Te a lever gwir martesen," Pinocchio a worthebys, "saw ny vanaf vy debry an perednow, mar ny vedhons dyruskys. Nyns usy an rusken orth ow flêsya."

Ha Geppetto dâ coth a gemeras collel in mes, hag a dhyruscas an teyr feren, ha settya an ruskednow in rew wàr an bord.

Pinocchio a dhebras udn beren dystowgh, hag a dhalathas tôwlel cres an beren in mes, saw Geppetto a senys y vregh.

"Nâ, nâ; na wra y dôwlel in mes Y hyll pùptra i'n bës-ma bos a brow."

"Saw ny vanaf vy debry an cres," Pinocchio a grias serrys y lev.

"Pyw a wor?" Geppetto a leverys yn cosel.

Ha moy dewedhes y feu an try cres settys wàr an bord ryb an ruskednow.

Pinocchio a dhebras an teyr feren, pò dhe leverel an gwiryoneth, ev a's devoryas. Ena ev a wrug dianowy yn town hag a grias:

"Me yw gwag whath."

"Saw me ny'm beus tra vëth moy dhe ry dhis."

"Tra vëth in gwir—tra vëth?"

"Me ny'm beus ma's an an try cres-ma ha'n ruskednow-ma."

"Dâ lowr dhana," yn medh Pinocchio, "mar nyns eus ken tra vëth dhe dhebry, me a's deber."

Kyns oll ev a wrug mowa, saw y feu an ruskednow ha'n try cres debrys an eyl wosa y gela.

"Â, lebmyn, me yw contentys," yn medh Pinocchio warlegh debry an dra dhewetha.

"Te a wel," yn medh Geppetto, "fatell o an gwir dhybm pàn leverys dhis na gottha dhis bos re dhainty ow tùchya dha voos. A guv colon, ny woryn ny nefra pandr'eus dhyragon i'n bës-ma."

CHAPTRA VIII

Yma Geppetto ow formya treys nowyth dhe Pinocchio
hag ow qwertha y gôta rag prena lyver abecedary dhodho.

Pàn veu sewajys y nown, an Popet a dhalathas croffolas hag ola ev dhe dhesîrya dewdros nowyth.

Saw may halla va y bùnyshya awos oll y debel-fara, Maestro Geppetto a'n gasas dhodho lamentya oll an myttyn. I'n eur-na ev a leverys dhodho:

"Prag y cothvia dhybm gwil dewdros dhis arta? May halles forsâkya dha dre unweyth arta?"

"Me a vydn promyssya dhis," yn medh an Popet der y dhagrow, "me dhe vos dâ alebma rag—"

"Yma mebyon ow promyssya hedna pùpprës pan vowns whensys dhe gafos neb tra," yn medh Geppetto.

"Me a vydn promyssya dhis mos dhe'n scol kenyver jorna, dhe dhesky ha dhe spêdya—"

"Yma an vebyon ow cana an gân-na pùpprës pàn vowns y whensys dhe gafos aga bodh."

"Saw nyns oma kepar ha mebyon erel. Me yw gwell agessans oll, ha ny lavaraf gow nefra. Me a vydn promyssya dhis, a Dasyk, me dhe dhesky creft ha dhe vos confort ha scodhyans dhis i'th henys."

Geppetto, kynth esa ev ow whelas apperya pòr sevur, a glôwas dagrow ow lenwel y lagasow ha'y golon dhe vedhalhe, pàn welas ev Pinocchio mar drist. Ny leverys ev tra vëth moy, saw a gemeras y doulys ha dew dharn a bredn, hag a omsettyas dhe lavurya yn tywysyk.

Scant nyns o tremenys our, pàn o gorfednys an treys, dewdros mon bian strîk, crev hag uskys, shâpys dell vowns gans dêwla creftor.

"Gwra degea dha lagasow lebmyn rag cùsca," yn medh Geppetto dhe'n Popet. Ha Pinocchio a dhegeas y lagasow hag a omwruk dhe vos ow cùsca, hag i'n termyn-na Geppetto a lenas an treys gans nebes

23

glus tedhys ganso in plysken oy. Ev a wrug an ober mar dhâ, scant na ylly an jùntys bos gwelys.

Kettel wrug an Popet percêvya y dreys nowyth, ev a labmas in bàn dhywar an bord ha dallath terlebmel ha dauncya adro, kepar ha pàn o y bedn kellys ganso rag ewn lowena.

"May hyllyf prevy dhis pana veur yw ow grassow dhis, a Dasyk, me a vydn mos dhe'n scol lebmyn. Saw rag mos dhe'n scol, res vŷdh dhybm a sewt dyllas."

Nyns o dhe Geppetto deneren in y bocket. Rag hedna ev a wrug dh'y veppyk bian sewt a baper blejednek, dyw eskys a rusken gwedhen, ha cappa munys a nebes toos.

Pinocchio a bonyas rag meras orto y honen in scala dowr, hag ev a veu mar lowen may leverys ev yn prowt:

"Lebmyn yma dhybm an semlant a dhen jentyl."

"Eâ," Geppetto a worthebys. "Saw porth cov nag yw dyllas teg ow qwil den jentyl marnas y a vo kempen ha glan."

"Hèn yw gwir," Pinocchio a worthebys, "saw rag mos dhe'n scol yma otham dhybm whath a neb tra a bris brâs."

"Pandr'yw hedna?"

"Lyver abecedary."

"In gwir. Saw fatla yllyn ny y gafos?"

"Hèn yw êsy. Ny a vydn mos dhe'n shoppa ha'y brena."

"Ha'n mona?"

"Ny'm beus mona vëth."

"Ny'm beus vy mona vëth naneyl," yn medh an cothwas yn trist.

Kynth o Pinocchio lowen pùpprës, ev a veu trist ha morethak pàn glôwas ev an geryow-na. Pàn wrella an bohosogneth owth omdhysqwedhes, yma an vebyon, kyn fe meur aga dregyn, ow convedhes pëth ywa.

"Na fors wosa pùptra," yn medh Geppetto yn sodyn, hag ev a labmas in bàn dhywar y jair. Ev a worras y gôta coth adro dhodho, leun dell o a gloutys, hag a bonyas in mes a'n chy heb leverel ger vëth moy.

Warlergh termyn ev a dhewhelys. Yth esa in y dhêwla an lyver abecedary dh'y vab, saw gyllys o an côta coth. Yth esa an gwas truan in y hevys ha yêyn o an awel.

"Ple ma dha gôta, a Dasyk?"

"Me re'n gwerthas."

"Prag y whrusta gwertha dha gôta?"

"Re dobm o."

Pinocchio an gonvedhas an mater dystowgh, ha drefen na ylly ev lettya y dhagrow, ev a labmas wàr godna y das hag abma dhodho arta hag arta.

CHAPTRA IX

Yma Pinocchio ow qwertha y lyver abecedary
rag prena tôkyn aberth in gwaryva an popettys.

Drefen nag esa an ergh ow codha na felha, Pinocchio a dhalathas
wàr y fordh bys i'n scol hag yth esa y lyver abecedary teg in
dadn y gasel. Pàn esa ev ow kerdhes, yth esa ev ow tesmygy lies tra
varthys hag ow terevel lies castel teg i'n air. Ev a gowsas orto y honen
hag a leverys:

"In scol hedhyw me a vydn desky redya; avorow me a vydn desky
screfa, ha trenja me a vydn gwil calcorieth. Ena, drefen me dhe vos
mar skentyl, me a yllvyth dendyl lowr a vona. Gans an kensa denerow
dendylys genef, me a vydn prena côta nowyth a badn dhe'm Tas. A
badn? Nâ, nâ, an côta a vêdh gwrës a owr hag a arhans, ha'n
botodnow a vêdh adamantys. Ass yw hedna dendylys gans an den
truan, rag wàr neb cor, yma va gwyskys in y hevys hedhyw dre rêson
ev er y garadêwder dhe brena lyver dhybm. Ha'n jêdh hedhyw yw
pòr yêyn. Ass yw dâ an Tasow dh'aga flehes!"

Kepar dell esa ev ow côwsel orto y honen, ev a glôwas an son a
bîbow hag a dabours ow tos dhodho in mes a'n pellder: pî-pî-pî,
pî-pî-pî, zùm zùm zùm zùm.

Ev a savas dhe woslowes. Yth esa an sonyow-na ow tôs dhyworth
strêt munys esa ow lêdya dhe beneglos vian ryb an mor.

"Pandra yll oll an tros-na bos? Dieth meur yw bos res dhybm mos
dhe'n scol. Ken maner…"

Ena ev a cessyas in ancombrynsy brâs. Ev a wodhya yth o res
dhodho ervira an eyl tra pò y gela. A gottha dhodho mos dhe'n scol
poken sewya an pîbow?"

"Hedhyw me a vydn sewya an pîbow, hag avorow me â dhe'n scol.
Y fêdh meur a dermyn pùpprës rag mos dhe'n scol." Hèn o an pëth
a dhetermyas an knava bian wàr an dyweth hag ev ow terevel y
scodhow.

Kettel leverys Pinocchio hedna, ev a dhalathas wàr y fordh, ow ponya an strêt wàr nans mar uskys avell an gwyns. Ev a bonyas in rag hag yth esa mûsyk an pîbow ha'n tabour owth encressya pùpprës: pî-pî-pî, pî-pî-pî, zùm zùm zùm zùm.

Heb let Pinocchio a gafas y honen in plain brâs, leun a bobel ow sevel dhyrag byldyans bian a bredn paintys in lywyow spladn.

"Pandr'yw an chy-na?" Pinocchio a wovydnas orth maw ryptho.

"Gwra redya an avîsyans ha te a'n godhvyth."

"Me a garsa y redya, saw wàr neb cor ny allama hedhyw."

"Ô, in gwir? Ena me a wra y redya dhis. Gor, ytho fatell allama gweles in lytherow a dan an geryow: GWARYJY BRÂS POPETTYS."

"Pana dermyn a wrug dallath an dysqwedhyans?"

"Yma va ow tallath lebmyn."

"Pygebmys a res pe rag entra?"

"Peder deneren."

Yth o Pinocchio ow tesîrya kebmys dhe entra rag gwil pandr'esa ow wharvos wàr jy, may whrug ev colly oll y dhynyta. Heb sham vëth ev a leverys dhe'n maw:

"A vynta jy ry dhybm peder deneren bys avorow?"

"Me a vynsa aga ry dhis yn lowen," yn medh an maw ow qwil ges anodho, "saw ny allama i'n tor'-ma."

"Me a vydn gwertha ow hôta dhis a beder deneren."

"Mar teu ha gwil glaw, pandra wrama gans côta gwres a baper blejednek? Ny alsen y dhysky arta."

"A vynta jy prena ow eskyjyow?"

"Ny wrussens servya ma's dhe anowy tan."

"Pandra vynses leverel adro dhe'm hot?"

"Cappa gwrës a doos. Hèn yw neb tra a valew brâs in gwir. An logos martesen a vynsa dos ha'y dhebry dhywar ow fedn."

Namnag esa Pinocchio owth ola. Yth esa ev ow mos dhe offra an dra dhewetha dhe'n maw, saw nyns o dhodho an coraj dhe wil indella. Ev a hockyas; ev a wovydnas orto y honen; ny ylly ev ervira Wàr an dyweth ev a leverys:

"A vynta jy ry dhybm peder deneren rag an lyver-ma?"

"Me yw maw," yn medh an gwas bian, "ha nyns esof vy ow prena tra vëth dhyworth mebyon." Apert o ev dhe vos liesgweyth moy skentyl ès an Popet.

"Me a vydn ry dhis peder deneren rag an lyver," yn medh gwerthor padnow esa in aga ogas.

Ena i'n very tor'-na an lyver êth dhyworth dêwla dhe dhêwla. Ha prederowgh fatell esa Geppetto coth esedhys in tre in y hevys, hag ev ow crena rag yêynder drefen ev dhe wertha y jerkyn dhe brena an lyvryn-na dh'y vab!

CHAPTRA X

Yma an popettys erel owth aswon Pinocchio avell broder
hag orth y wolcùbma gans joy brâs, saw in mesk aga lowender
yma mêster an popettys, Debror Tan, owth entra
ha namna wra Pinocchio cafos hager-mernans.

Dystowgh Pinocchio a entras in Gwaryjy an Popettys. Hag ena namna veu deray dre rêson a neppÿth a wharva. Yth o an groglen derevys hag yth o dalethys an performyans.

Yth esa Harleqwyn ha Pùlcinella ow kestalkya wàr an waryva, ha kepar dell o ûsys yth esens ow praggya an eyl y gela gans lorhow brâs ha gans strocosow.

Yth o an gwaryjy leun a bobel ow lowenhe orth an gwary mir hag ow wherthyn yn fol orth fara an dhew Bopet.

An gwary a dhuryas nebes mynys, hag ena adhesempys heb let vëth Harleqwyn a cessyas côwsel. Ev a drailyas dhe'n woslowysy ha gans y dhorn a dhysqwedhas adhelergh dhe'n menestrouthy, hag a grias yn whyls oll an termyn:

"Merowgh! Esoma in cùsk pò dyfunys? Pò esoma in gwiryoneth ow qweles Pinocchio dres ena?"

"Esos, esos!" Pùlcinella a scrijas. "Pinocchio ywa!"

"Yw, yw!" Mêstres Rosaura a grias, in udn veras ajy dhyworth tenewen an waryva.

"Pinocchio yw! Pinocchio ywa!" a ujas oll an Popettys, hag y ow ponya in mes dhia denewednow an waryva. "Yth yw Pinocchio agan broder ny. Hùrâ rag Pinocchio!"

"Pinocchio wheg, deus in bàn dhybmo vy," Harleqwyn a grias. "Deus bys in brehow agas breder a bredn."

Pàn glôwas Pinocchio galow mar garadow, ev a labmas in bàn dhyworth y esedha adhelergh dhe'n menestrouthy, hag a gafas y honen i'n rewys arâg. Gans an secùnd labm, yth esa ev wàr bedn

29

hùmbrynkyas an menestrouthy. Gans an tressa labm, ev a lôndyas wàr an waryva.

Ny yllyr desmygy oll an byrlans, oll an embracyans gwresek adro dh'y godna, oll an pynchys ha frappyans caradow wàr y bedn rës in maner gerenjedhek dhe Pinocchio i'n tervans brâs gans actoryon hag actoresow an company losowek-dramatek-na.

Golok leun emôcyon o, saw pàn welas an woslowysy fatell o hedhys an gwary, y a sorras ha dallath uja:

"An gwary, an gwary; ny a garsa gweles an gwary."

Nyns o an uja a brow vëth, rag an Popettys, in le a bêsya gans aga ferformyans, a encressyas aga thros hag a dherevys Pinocchio wàr aga scodhow ha'y dhon yn vyctoryùs adro dhe'n waryva.

I'n very tor'-na an Kevarwedhor a dheuth in mes a'y sodhva. Mar hager o y semlant may fe nebonen lenwys a euth ow meras orto unweyth yn udnyk. Mar dhu o y varv avell pêk, ha mar hir mayth esa hy ow cregy dhywar y elgeth bys in y dreys. Mar ledan o y ganow avell forn, yth o y dhens kepar ha dens melen neb best gwyls, ha'y lagasow o kepar ha dyw regythen vew. An whyp in y dhêwla brâs blewak o gwrës a nedras gwer hag a lostow cathas du nedhys war-barth, hag yth esa an Kevarwedhor orth y sqwychya der an air in fordh beryllys.

Nyns esa an Popettys ow qwetyas gweles an vesyon uthyk-na ha ny ylly nagonen anedhans tedna udn anal kyn fe rag ewn own. Oll an Popettys truan a grenas hag a dremblas avell delyow in hager-awel.

"Prag y whrusta dry deray a'n par-ma dhe'm gwaryjy vy?" an qwallok hûjes brâs a wovydnas orth Pinocchio, ha'y lev o kepar ha lev cowr ow sùffra gans anwos.

"Crës dhybm, a arlùth wordhy, nyns ov vy dhe vlâmya."

"Hèn yw lowr. Taw tavas. Me a vydn dha dhyghtya jy moy adhewedhes."

Kettel veu dewedhys an gwary, an Kevarwedhor a entras i'n gegyn, le mayth esa on brav ow trailya yn lent wàr ber. Yth esa otham a voy predn rag gorfedna an rôstya. Ev a elwys Harleqwyn ha Pùlcinella dhodho hag a leverys dhedhans:

"Drewgh dhybm an Popet-na. Yth hevel dhybm ev dhe vos gwrës a bredn pòr sëgh. Ev a wra tan spladn rag an ber-ma."

Harleqwyn ha Pùlcinella a hockyas udn pols. Ena, ownekhës dre vir dhyworth aga mêster, y a asas an gegyn may hallens obeya dhodho. Nebes mynys wosa hedna y a dhewhelys, in udn dhon Pinocchio, esa ow qwrydnya hag ow troyllya kepar ha sylly hag ow cria yn pytethus:

"A Dasyk, gweres dhybm! Nyns oma whensys dhe verwel! Nyns oma whensys dhe verwel!"

Yma Debror Tan ow strewy hag yma Pinocchio ow cafos gyvyans dhyworto. Yma Pinocchio ow selwel y gothman dhyworth mernans.

Pòr hager dhe weles o Debror Tan (hèn o y hanow in gwiryoneth), spessly gans y varv dhu, esa ow cudha y vrèst ha'y arrow kepar ha raglen, saw nyns o va hanter mar dhrog avell y semlant. Pàn welas ev an Popet ow pos drës bys dhodho, ow strîvya gans own hag ow cria, "Nyns ov vy whensys dhe verwel! Nyns ov vy whensys dhe verwel!" ev a gemeras pyteth anodho hag a dhalathas hockya kyns oll hag ena ev a wrug gwadnhe. Wàr an dyweth ny ylly ev controllya y honen na felha hag ev a strewys yn uhel.

Pàn glôwas Harleqwyn an strew-na, kynth o va mar drist avell helygen olva dhyrag hedna, a vinwharthas yn lowen hag in udn bosa tro ha'n Popet, ev a whystras in y scovarn:

"Nowodhow dâ, a vroder. Debror Tan re wrug strewy ha hèn yw tôkyn ev dhe gemeras pyteth ahanas. Te yw saw."

Bedhens godhvedhys pàn vo pobel erel trist, y dhe ola ha dhe dheseha aga lagasow, Debror Tan wàr an tenewen aral a wre strewy, pàn o va morethak. Mar dhâ o an fordh-na avell ken fordh dhe dhysqwedhes tregereth y golon.

Wosa strewy, Debror Tan, mar hager y semlant avell bythqweth, a grias dhe Pinocchio:

"Na wra ola. Yma dha olva ow ry sensacyon coynt obma awoles i'm pengasen hag—E-chî! E-chî!" ev a worfednas y eryow in udn strewy dywweyth.

"Bednath Duw warnowgh," yn medh Pinocchio.

"Usy dha das ha'th vabm whath ow pêwa?" Debror Tan a wovydnas.

"Ow thas, eâ, yma va ow pêwa. Nyns o ow mabm bythqweth aswonys dhybm.'

"Assa vynsa dha das truan sùffra, mar teffen ha gwil devnyth ahanas avell cunys. An cothwas truan, yma pyteth genef anodho. E-chî! E-chî! E-chî!" Try strew moy hag y creffa ès bythqweth.

"Bednath Duw warnowgh," yn medh Pinocchio.

"Gromercy dhis. Me a godhvia in gwir kemeres pyteth ahanaf ow honen i'n tor'-ma. Myshevys yw an kydnyow dâ dhybm. Nyns eus predn vëth moy genef rag an tan, ha nyns yw an on ma's hanter-rostys. Na fors, me a vydn lesky neb Popet aral i'th tyller jy. Hô, why Offycers!"

Orth an cry-na dew offycer a bredn a omdhysqwedhas. Yth êns y pòr uhel ha pòr ascornek hag yth esa hot coynt hir wàr aga fedn ha cledha nooth in aga dêwla.

Debror Tan a ujas ortans, ronk y lev:

"Kemerowgh Harleqwyn, colmowgh e ha tôwlowgh e wàr an tan. Me a garsa ow on rostys yn tâ!"

Prederowgh fatla wrug Harleqwyn omglôwes. Ev a gemeras kebmys own may whrug y arrow fyllel in dadno hag ev a godhas wàr an leur.

Pinocchio, pàn glôwas ev an arhadow trist-na, a dôwlas y honen orth treys Debror Tan, in udn ola yn wherow, hag a'n pesys in lev na ylly scant bos clôwys:

"Kebmer pyteth, a syra, me a'gas pës."

"Nyns eus syra vëth obma."

"Kebmer pyteth, a arlùth wheg."

"Nyns eus arlùth vëth obma."

"Kebmer pyteth, a Governour Wordhy."

Pàn glôwas Kevarwedhor Gwaryjy an Popettys an tîtel a Governour Wordhy rës dhodho y honen, ev a esedhas in badn pòr serth in y jair, chersya y varv hir, hag a veu adhesempys hegar ha pytethus. Ev a vinwharthas yn prowt hag a leverys dhe Pinocchio:

"Wèl, pandr'esta ow tesîrya dhyworthyf lebmyn, a Bopet?"

"Me a'gas pës dhe dhysqwedhes tregereth dhe'm cothman truan, dhe Harleqwyn, rag ny wrug ev drocoleth vëth in oll y vêwnans."

"Nyns eus tregereth vëth obma, Pinocchio. Me re sparyas dha vêwnans jy. Harleqwyn a res bos leskys in dha le jy. Me yw gwag ha res yw rostya ow hydnyow."

"Ytho," yn medh Pinocchio yn prowt, hag ev ow sevel in bàn hag ow tôwlel dhe ves y gappa a doos, "apert yw ow devar. Dewgh, a offycers. Gwrewgh ow helmy ha'm tôwlel wàr an flabmow-na. Nâ,

nyns ywa teg rag Harleqwyn, an cothman gwella eus dhybm in oll
an bës, dhe verwel i'm le vy."

An geryow-na, côwsys del vowns in lev glew, a wrug dhe oll an
Popettys erel devera dagrow. Ha'n dhew offycer aga honen, neb o
gwrës a bredn inwedh, a olas kepar ha dew flogh bian.

Wostallath Debror Tan a remainyas cales ha mar yêyn avell rew.
Saw ena nebes ha nebes ev a wrug medhalhe ha dallath strewy. Wosa
peswar strew pò pymp, ev a egoras y dhywvregh ledan in mes ha
leverel dhe Pinocchio:

"Te yw maw brâs y golon. Deus dhe'm dywvregh ha ro dhybm
bay."

Pinocchio a bonyas bys dhodho hag ow crambla an varv hir dhu
in bàn kepar ha gwywer, ev a abmas yn kerenjedhek dhe Dhebror
Tan wàr an frigow.

"Yw pardon grauntys dhybm?" Harleqwyn truan a wovydnas gans
lev na ylly scant bos clôwys.

"Pardon yw grauntys dhis," Debror Tan a worthebys, hag in udn
hanaja hag ow lesca y bedn dhia denewen dhe denewen, ev a addyas:

"Wèl, res vëdh dhybm debry ow on hanter-rostys yn udnyk. Saw
waryowgh an nessa prës, why Popettys!"

Pàn wrussons clôwes fatell o grauntys pardon, an Popettys a bonyas
wàr an waryva, ha wosa anowy pùb golow, y a dhauncyas hag a ganas
bys terry an jëdh.

CHAPTRA XII

Yma Debror Tan ow ry pymp bath owr
dhe Pinocchio rag y das, Geppetto;
saw yma an Popet ow metya gans
Lowarn ha gans Cath hag orth aga sewya.

An nessa jorna Debror Tan a elwys Pinocchio adenewen ha govyn orto:

"Pandr'yw gelwys dha das?"

"Geppetto."

"Ha pandr'yw y vyster?"

"Ev yw gravyor predn."

"Usy ev ow tendyl meur?"

"Yma va ow tendyl kebmys, na vëdh deneren nefra in y bocket. Gwrewgh predery, may halla va prena lyver abecedary dhybm rag an scol, res veu dhodho gwertha y udn jerkyn. Ha dieth o an jerkyn-na leun dell o a gloutys hag a dhasqwias."

"An gwas coth, yma dhybm pyteth anodho. Otta, kebmer an pymp bath owr-ma dhodho. Kê, roy y dhodho gans ow gormynadow a'n gwelha."

Kepar dell yll bos êsy desmygys, Pinocchio a aswonas milweyth grâss dhodho. Ev a abmas dhe bùb Popet warlergh y gela, an offycers kefrës, ha muskegys gans lowena, ev a dhalathas wàr y fordh tre.

Scant nyns o va gyllys hanter-mildir, pàn vetyas ev orth Lowarn cloppek hag orth Cath dhall, hag y ow kerdhes warbarth kepar ha cothmans dâ. Yth esa an Lowarn cloppek ow posa wàr an Gath, hag yth esa an Gath dhall owth alowa dhe'n Lowarn y lêdya in rag.

"Dùrda dhis, Pinocchio," yn medh an Lowarn gans cortesy brâs.

"Fatla wodhowgh why ow hanow vy?" an Popet a wovydnas.

"Aswonys dâ dhybm yw dha das."

"Ple whrussowgh why y weles?"

"Me a'n gwelas de ow sevel dhyrag daras y jy."

"Ha pandr'esa ev ow qwil?"

35

"Ev o gwyskys in y hevys hag yth esa ev ow crena rag ewn yêynder."

"Tasyk truan. Saw warlergh an jëdh hedhyw ny wra va sùffra na felha."

"Praga?"

"Dre rêson me dhe vos gwrës den rych."

"Osta den rych?" yn medh an Lowarn, hag ev a dhalathas wherthyn a lev uhel. Yth esa an Gath ow wherthyn inwedh, saw ev a whelas y geles dre jersya y voghvlew hir.

"Nyns yw hedna tra vëth dhe wil dhywgh wherthyn," Pinocchio a grias yn serrys. "Pòr dhrog yw genef dry dowr dh'agas ganow, saw, dell wodhowgh why yn tâ, pymp bath owr yw an re-ma."

Hag ev a dednas in mes an bathow owr a ros dhodho Debror Tan. Pàn glôwas an Lowarn an owr ow tynkyal, oll a'y anvoth an Lowarn a istynas in mes y baw (o soposys dhe vos mans) ha'n Gath a egoras y lagasow fest ledan, erna vowns y kepar ha regyth bew, saw ev a's degeas yn uskys arta, ha ny wrug Pinocchio y verkya.

"Hag eus dhybm cubmyas dhe wovyn pandra a vynta gwil gans kebmys mona?"

"Kyns oll," an Popet a worthebys, "me a garsa prena jerkyn brav dhe'm tas, jerkyn a owr hag a arhans, a vëdh botodnow gwrës a adamantys warnodho. Warlergh hedna me a vydn prena lyver abecedary dhybmo ow honen?"

"Dhyso dha honen?"

"Dhybmo ow honen. Me a garsa mos dhe'n scol ha studhya yn freth."

"Mir orthyf vy," yn medh an Lowarn. "Dre rêson me dhe dhesîrya desky, me re gollas paw."

"Mir orthyf vy," yn medh an Gath. "Rag an keth rêson gocky, me re gollas golok ow dewlagas."

I'n very tor'-ma y teuth Mola dhu, ha lôndya wàr an ke ryb an fordh. Hy a grias in mes glew ha sherp:

"Pinocchio, na wra goslowes orth tebel-cùssul. Mar teuta ha gwil indella, te a vëdh edrygys."

An Vola Dhu druan. Gohy pàn wrug hy côwsel. In udn labm an Gath a wrug dehesy hy honen warnedhy ha'y devorya yn tien, an pluv comprehendys.

Warlergh debry an edhen, an Gath a wrug glanhe hy boghvlew, degea hy lagasow, ha hy a veu dall unweyth arta.

"An Vola Dhu druan," yn medh Pinocchio dhe'n Gath. "Prag y whrusta hy ladha?"

"Me a's ladhas rag desky lesson dhedhy. Yma hy ow côwsel re. An nessa prës hy a wra sensy hy geryow dhedhy hy honen."

Warbydn an termyn-na an try howeth o gyllys pell. Dystowgh an Lowarn a savas hag a drailyas dhe'n Popet. Ev a leverys dhodho:

"A garsesta dobla dha vathow owr?"

"Pandr'esowgh why ow styrya?"

"A garsesta cafos udn cans, udn vil, dyw vil a vathow owr in tyller dha bymp bath truan jy?"

"Carsen, saw fatla?"

"Pòr êsy yw an fordh rag gwil hedna. In le a dhewheles tre, deus genen ny."

"Ha ple whrewgh why ow hùmbrank?"

"Bys in Pow an Bobbys."

Pinocchio a brederys pols hag ena ev a leverys yn fyrm:

"Nâ, ny vanaf vy mos genowgh. Yma ow chy vy i'm ogas obma, hag yth esoma ow mos dhe'n tyller may ma ow Thas orth ow gortos. Ass yw res y vos trist drefen na wrug vy dewheles whath. Me re beu tebel-vab dhodho, ha'n Gryll a gowsas an gwiryoneth pàn leverys ev na ylly maw dywostyth bos lowen i'n bës-ma. Me re dheskys hedna er ow gu. Newher i'n gwaryjy me a veu in peryl brâs, pàn wrug

Debror Tan… Brr! Yth esof vy ow crena ow predery adro dhodho yn udnyk."

"Wèl dhana," yn medh an Lowarn, "mars osta whensys in gwir dhe vos tre, kê in rag, saw y fëdh edrek dhis."

"Y fëdh edrek," yn medh an Gath wàr y lergh.

"Gwra predery yn tâ, Pinocchio; yth esta ow sconya rycheth."

"Ow sconya rycheth," yn medh an Gath wàr y lergh.

"Avorow dha bymp bath owr a vëdh dyw vil."

"Dyw vil," yn medh an Gath wàr y lergh.

"Saw fatla yllons y encressya kebmys?" Pinocchio a wovydnas in udn wil marthùjyon.

"Me a wra egery an mater dhis," yn medh an Lowarn. "Te a dal godhvos bos gwel benegys ryb Cyta Cachya-Scogydnow ha hèn yw gelwys Gwel an Merclys. Te a yll palas toll i'n gwel-ma hag encledhyas bath owr ino. Wosa cudha an toll gans dor, te a res y dhowrhe yn tâ ha scùllya nebes holan warnodho. Ena te â dhe'th wely. Dres nos y fëdh an bath owr owth egydna, ow tevy hag ow corra in mes flourys. Ternos vyttyn te a gav gwedhen deg, cargys gans bathow owr."

"Indella mar teffen hag encledhyas ow fymp bath owr," Pinocchio a grias hag yth esa y joy ow tevy pùpprës, "an nessa myttyn me a vynsa cafos—pygebmys?"

"Por sempel yw gwil an arsmetryk," an Lowarn a worthebys. "Te a yll y wil wàr dha vesias dha honen. Mar teun ny soposya fatell wra kenyver bath ry dhis pymp cans, gwra lies'he pymp cans pymp-gweyth. Ternos vyttyn te a gav pymp wàrn ugans cans a vathow gwrës a owr spladn."

"Assa via hedna rial dra!" yn medh Pinocchio ow terlebmel adro in y lowena. "Kettel vowns y genef, me a vydn sensy dyw vil ragof ow honen ha ry an pymp cans aral dhywgh why agas dew."

"Ro dhyn ny?" an Lowarn a grias, owth omwil offendys. "Nâ, nâ, nefra!"

"Nâ, nâ, nefra!" yn medh an Gath wàr y lergh.

"Nyns eson ny ow conys may hallen ny gwainya tra vëth," an Lowarn a worthebys. "Nyns eson ny ow whelas ma's dhe gafos rycheth rag pobel erel."

"Rycheth rag pobel erel," yn medh an Gath wàr y lergh.

"Ass yw hegar an dus-ma," Pinocchio a leverys dhodho y honen. Hag in udn ankevy y Das, an jerkyn nowyth, an lyver abecedary hag oll y ententys dâ, ev a leverys dhe'n Lowarn ha dhe'n Gath:

"Deun alebma. Yth esoma ow mos genowgh."

CHAPTRA XIII

Tavern an Legest Rudh

An Gath, an Lowarn ha'n Popet a gerdhas hag a gerdhas hag a gerdhas. Wàr an dyweth, tro ha'n gordhuwher, y a dhrehedhas Tavern an Legest Rudh hag yth êns pòr sqwith.

"Gesowgh ny dhe wortos obma pols," yn medh an Lowarn, "rag debry tabm ha rag powes nebes ourys. Prës hanter-nos ny a vydn dallath arta, rag orth terry an jëdh avorow ny a dal bos in Gwel an Merclys."

Y oll a entras i'n Tavern hag y aga thry a esedhas orth an keth bord. Saw nyns o onen vëth anodhans gwag.

Yth esa an Gath druan owth omglôwes pòr wadn, ha rag hedna ny ylly ev debry ma's pymthek mehal warn ugans gans sows aval kerensa ha peswar sant a glot-boffen ha keus. Ha pelha, dre rêson otham a nerth dhe vos dhodho, ev a veu constrînys dhe erhy an amanyn ha'n keus rathellys pedergweyth moy.

An Lowarn, wosa bos kentrydnys yn crev, a whelas debry nebes. Ev o gorrys gans an medhek wàr vegyans rêwlys, ha res o dhodho bos contentys gans scovarnak vian rôstys gans dêwdhek yar yonk ha tender. Warlergh an scovarnak ev a erhys nebes grugyer, nebes fesons, dew gonyn ha dêwdhek qwylkyn ha pedrevan. Hedna a veu pùptra. Ev a omglôwa clâv, yn medh ev, ha ny ylly ev debry tabm vëth moy.

Pinocchio a dhebras le agessans y. Ev a besys darn bara ha nebes know, saw scant ny wrug ev aga thùchya. Yth esa an gwas truan ow predery a Wel an Merclys—yth esa ev ow sùffra gans drog-goans dre rêson a'n bathow owr.

Pàn o gorfednys an soper, an Lowarn a leverys dhe Ost an Chy:

"Ro dhyn dew jambour dâ, onen rag Mêster Pinocchio ha'y gela ragof vy ha rag ow hothman. Kyns ès dallath wàr agan fordh ny a garsa cùsca nebes. Perthowgh cov a'gan dyfuna orth hanter-nos poran, rag bysy yw dhyn pêsya gans agan viaj."

"Eâ, syra," Ost an Chy a worthebys, hag ev a dhegeas lagas orth an Lowarn hag orth an Gath, kepar dell esa ev ow leverel, "Me a wor pandr'esowgh why ow mênya."

Kettel wrug Pinocchio crambla aberth in y wely, ev a godhas in cùsk ha dallath gwil hunrosow. Ev a welas y honen in cres gwel. Yth o an gwel lenwys a wëdh grappys ha meur a grappys ortans. Nyns o an grappys tra vëth ken ès bathow owr, esa ow tynkyal yn lowen hag y ow lesca i'n gwyns. Yth hevelly dhodho y dhe leverel dhodho, "Hedna usy worth agan whansa, gwrêns ev dos rag agan kemeres."

Pàn esa Pinocchio owth istyna in mes y dhorn rag kemeres radn a'n bathow, ev a veu dyfunys dre nebonen ow knoukya tergweyth yn uhel wàr an daras. Yth o Ost an Chy, hag ev o devedhys dhe leverel dhodho fatell o gweskys our an hanter-nos.

"Yw parys ow hothmans?" an Popet a wovydnas orto.

"Yns in gwir. Y a dhyberthas dew our alebma."

"Pandr'o an fysky?"

"I'n gwetha prës an Gath a recêvas pellscrîven ow leverel y vab kensa-genys dhe vos ow sùffra gans losk treys ha dhe vos in newores. Ny ylly ev gortos kyn fe may halla va gasa farwèl genes."

"A wrussons y pe recken an soper?"

"Fatl'alsens gwil tra vëth kepar? Drefen y dhe vos tus a gortesy brâs, ny garsens dha offendya mar dhrog avell kemeres dhyworthys an onour a be an recken."

"Re dhrog yw hedna. An offens-na a via pòr blegadow dhybm," yn medh Pinocchio ow cravas y bedn.

"Ple whrug ow hothmans leverel y dhe'm gortos?" Pinocchio a addyas.

"In Gwel an Merclys, prës an howldrevel myttyn avorow."

Pinocchio a wrug pe udn bath owr rag an try soper hag ena dallath wàr y fordh tro ha'n gwel a vydna gwil den rych anodho.

Ev a gerdhas in rag, heb godhvos pleth esa ev ow mos, rag an nos o tewl, mar dewl na wodhya ev gweles tra vëth. Nyns esa dêlen kyn fe ow qwaya adro dhodho. Traweythyow eskelly grehyn a wre cravas y frigow orth y hanter-ladha gans own. Unweyth pò dywweyth ev a grias, "Pyw usy ena? Pyw usy ena?" ha'n brynyow i'n pellder a wre dasseny y eryow dhodho: "Pyw usy ena? Pyw usy ena? Pyw usy…"

Pàn esa ev ow kerdhes, Pinocchio a verkyas prëv munys ow lentry wàr stock gwedhen, tra vian esa ow spladna gans golow medhel feynt.

"Pyw osta jy?" yn medh ev.

"Me yw spyrys Gryll an Cows," an dra vian a worthebys, gwadn y lev, a hevelly bos ow tos dhyworth neb bës abell.

"Pandr'esta ow whansa?" an Popet a wovydna.

"Me a garsa ry dhis nebes geryow a gùssul dhâ. Dewhel tre ha roy an peswar bath owr gesys dhis dhe'th tas coth truan. Yma va owth ola rag ny wrug ev dha weles nans yw lies jorna."

"Avorow ow thas a vëdh den rych, rag an peswar bath owr a vëdh gwrës dyw vil."

"Na wra goslowes orth an re-na a vo ow promyssya rycheth dhis dres nos, a vab. Dell yw ûsys, y yw felyon pò faitours. Goslow orthyf vy ha kê tre."

"Saw me a garsa mos in rag."

"Holergh yw an prës."

"Me a garsa mos in rag."

"Yth yw pòr dewl an nos."

"Me a garsa mos in rag."

"Pòr beryllys yw an fordh."

"Me a garsa mos in rag."

"Porth cov a hebma: an vebyon na vëdh contentys erna wrellens cafos aga bodh aga honen, yn scon pò moy adhewedhes y a wra sùffra ponvos brâs."

"An keth flows-na pùpprës! Nos dâ dhis, te Gryll."

"Nos dâ dhis, Pinocchio, ha re wrello an Nev dha wetha orth an dhenledhysy."

Y feu taw pols, hag ena golow Gryll an Cows êth mes a wel adhesempys, kepar ha pàn wrug nebonen y dhyfudha. Unweyth arta y feu an fordh budhys in tewolgow.

CHAPTRA XIV

Dre rêson na wrug ev attendya cùssul dhâ
an Gryll, yma Pinocchio ow codha aberth
in dêwla an ladhoryon in dadn gel.

"Trueth yw," yn medh an Popet dhodho y honen, hag ev ow tallath arta wàr y fordh, "saw yma fortyn dâ ow fyllel dhyn ny, mebyon, in gwir. Yma kenyver onen orth agan deraylya, yma kenyver onen orth agan cùssulya, yma kenyver onen orth agan gwarnya. Mar teffen ny ha'y alowa, pùbonen a wrussa whelas bos tas ha mabm dhyn, eâ, Gryll an Cows kyn fe. Kebmer me ow honen, rag ensampyl. Drefen na veuma parys dhe woslowes orth an Gryll casadow-na, pyw a wor, wàr y lergh ev, pygebmys drocoleth usy ow tos dhybm. Denledhysy in gwir! Ny wrug avy bythqweth cresy i'n ladhoryon in dadn gel, na ny vanaf nefra cresy inhans. Rag leverel an gwiryoneth, me a grës fatell veu an ladhoryon in dadn gel desmygys gans tasow ha gans mabmow rag ownekhe flehes a vo whensys dhe bonya in kerdh dres nos. Hag ena, mar teffen ha metya gansans i'n fordh, na fors. Me a vynsa mos yn uskys in bàn bys dhedhans ha leverel, 'Wèl, a serys, pandra garsowgh why? Perthowgh cov na yllowgh why mellya genef vy. Kêwgh dhe ves ha gwrewgh attendya agas negys agas honen.' Mar teffens ha clôwes geryow kepar ha'n re-na dhyworthyf, an wesyon druan, me a grës, a vynsa ow forsâkya in udn bonya dhyworthyf mar uskys avell an gwyns. Saw mar ny wrowns y ponya dhyworthyf, me a yllvyth ponya ow honen."

Ny gafas Pinocchio moy termyn vëth rag argya ganso y honen, rag ev a gresys y whrug ev clôwes neppÿth ow rùstla nebes i'n delyow adhelergh dhodho. Ev a drailyas hag otta i'n tewolgow dew skeus du brâs, hag yth ens y gwyskys a'n troos dhe'n pedn in seghyer du. An dhew fygùr a labmas orto yn cosel kepar ha pàn êns spyryjyon.

"Ottensy ow tos," yn medh Pinocchio dhodho y honen, ha drefen na wodhya ev ple hylly ev keles an bathow owr, ev a's settyas aga feswar in dadn y davas. Ev a whelas ponya in kerdh, saw scant nyns o udn stap gyllys ganso, pàn bercêvyas nebonen dhe sêsya y vregh, hag a glôwas dew lev uthyk down ow leverel dhodho:

"Dha vona pò dha vêwnans!"

Dre rêson a'n bathow owr in y anow, ny ylly Pinocchio leverel ger vëth. Ev a assayas ytho gans y bedn ha'y dhêwla dhe dhysqwedhes nag o va ma's Popet bohosak heb deneren in y bocket.

"Deus, deus, gas dha flows, ha dysqwa dha vona," an dhew lader a grias in lev, meur y vraggyans.

Unweyth arta pedn Pinocchio ha'y dhêwla a leverys, "Nyns eus deneren genef."

"Dysqwa dha vona, poken te a verow," yn medh an den uhella a'n dhew ladhor.

"Te a verow," yn medh y gela wàr y lergh.

"Ha wosa dha ladha jy, ny a wra ladha dha das inwedh."

"Dha das inwedh."

"Nâ, nâ, nâ, na ledhowgh ow Thas!" Pinocchio a grias, hag ev gwyls gans euth, saw kepar dell wrug ev cria, an bathow owr a wrug tynkyal in y anow.

"Te sherewa! Hèn yw dha brat jy. Yma an mona kelys in dadn dha davas. In mes ganso."

Saw Pinocchio a remainyas mar stordy avell bythqweth.

"Osta bodhar? Gorta, a was yonk, ny a'n kebmer dhyworthys heb let."

Onen anodhans a dhalhednas an Popet er an frigow ha'y gela er an elgeth, hag y a'n tednas dybyta dhia denewen dhe denewen, may hallens gwil dhodho egery y anow. Saw ny servyas hedna tra vëth.

Gwessyow an Popet o kepar ha pàn vowns y kentrys warbarth. Ny wrussons egery.

In dyspêr an den biadnha a'n dhew Ladhor a gemeras collan hir in mes a'y bocket, hag a whelas egery ganow Pinocchio dredhy. Dystowgh an Popet a herdhyas y dhens yn town aberth in dorn an Ladhor, y vrathy dhywarnodho ha'y drewy in mes. Assa veu va sowthenys pàn welas ev nag o dorn, saw paw cath.

An kensa vyctory-na a ros colon dhe'n Popet hag ev a frias y honen dhyworth dêwla y eskerens, hag ow lebmel dres an bùshys ryb an fordh ev a bonyas yn uskys dres an gwelyow. Yth esa y helhoryon wàr y lergh, kepar ha dew gy ow châcya scovarnak.

Wosa ponya adro dhe eth mildir, namnag o Pinocchio sqwîthys yn tien. Pàn welas ev y dhyweth dhe vos ogas, ev a gramblas pinwedhen vrâs hag a sedhas ena rag gweles pandr'o dhe weles. An Ladhoryon a whelas crambla an wedhen, saw y a slyppyas ha codha.

Ny wrug hedna gwil dhedhans gasa an helgh. Ny vowns y ma's inies dhe voy. Y a gùntellas meur a gunys ha'y settya in crug orth troos an wedhen ha gorra tan ino. Dystowgh an wedhen a dhalathas crackya ha lesky kepar ha cantol whethys gans an gwyns. Pinocchio a welas an flabmow owth ascendya pùpprës. Nyns o va parys dhe verwel avell Popet rostys, ev a labmas heb let dhe'n dor ha ponya in kerdh. Yth esa an Ladhoryon Gudh wàr y lergh kepar ha kyns.

Yth esa an jëdh ow terry pàn gafas Pinocchio heb gwarnyans vëth y fordh lettys gans poll down dowr a lyw coffy mostys. Pandra ylly ev gwil? Ev a leverys "Onen, dew, try," ha lebmel glân dres an dowr. An Ladhoryon a labmas inwedh, saw ny wrussons y reckna hës an dowr yn ewn ha—splash—y a godhas in cres an poll poran. Pinocchio a glôwas hag a welas an splash, a godhas in wharth, saw ny cessyas ev dhe bonya, saw leverel:

"Troncas teg dhywgh why, a syrys!"

Ev a gresy y dhe vos budhys heb dowt vëth. Pàn drailyas ev dhe veras, ev a welas dew fygùr tewl orth y sewya, kynth o aga seghyer du glebys hag yth esa dowr ow tevera dhywarnodhans.

CHAPTRA XV

*Yma an Ladhoryon Gudh ow talhedna
Pinocchio hag orth y gregy
dhywar an scoren a dherowen vrâs*

I'n eur-na yth esa an Popet in y dhyspêr ow mos dhe dôwlel y honen dhe'n dor hag omry dh'y sewysy; saw pàn drailyas ev y lagasow, ev a welas chy munys gwyngalhys ow spladna avell an ergh inter gwëdh an forest.

"Mars eus anal lowr inof dhe dhrehedhes an chy munys-na, me a yll bos selwys martesen," yn medh ev dhodho y honen.

Heb gortos tecken moy, ev a fystenas yn uskys der an coos, hag yth esa an Ladhoryon whath orth y sewya.

Wosa ponya yn crev udn our ogasty, sqwith ha dianal, Pinocchio wàr an dyweth a dhrehedhas daras an chy munys ha knoukya.

Ny worthebys den vëth.

Ev a gnoukyas unweyth arta, creffa ès kyns, rag ev a glôwas adhelergh dhodho treys hag anal lavurys y dormentours.

Y feu an keth taw.

Drefen nag o a brow knoukya, Pinocchio in dyspêr a dhalathas pôtya ha cronkya an daras, kepar ha pàn o va whensys dh'y derry. Orth an tros-na y feu egerys fenester ha mowes teg a veras in mes. Blou o hy gols ha'y fâss o mar wydn avell cor. Degës o hy dewlagas ha'y dêwla o plegys an eyl wàr y gela dres hy brèst. Yth hevelly hy lev feynt dhe dhos dhyworth bës an re marow pàn leverys hy:

"Nyns eus nagonen tregys i'n chy-ma. Marow yw kenyver onen."

"A ny vynta dhe'n lyha egery an daras dhybm?" Pinocchio a grias orth hy fesy yn truedhek.

"Me yw marow kefrës."

"Marow? Ytho pandr'esta ow qwil orth an fenester dhana?"

"Yth esoma ow cortos an logel rag ow don in kerdh."

Warlergh an geryow-ma, an vowes vian êth mes a wel ha'n fenester a veu degës heb son vëth.

48

"Ogh, a Vowes Teg, blou dha vlew," Pinocchio a grias, "egor an daras dhybm, dell y'm kyrry. Kebmer pyteth a vaw bian usy dew Ladhor orth y sew—"

Ny wrug ev gorfedna y lavar, rag dêwla galosek a'n sêsyas er an codna ha'n keth levow uthyk a wrug gromyal gans godros:

"Ny re'th cachyas lebmyn."

An Popet, ow qweles an mernans ow tauncya dhyragtho, a dremblas mar grev may whrug jùntys y arrow rattla ha may whrug tynkyal an bathow in dadn y davas.

"Wèl," an Ladhoryon a wovydnas, "a wrêta egery dha anow lebmyn? Â, nyns esta ow cortheby. Dâ lowr, te a'n egor lebmyn."

Y a gemeras in mes dyw gollan hir ha lybm ha dredhans y a weskys Pinocchio gans dew strocas wàr an keyn.

I'n gwelha prës Pinocchio o gwrës a bredn fest cales ha'n colanow a sqwardyas dhe vil dabm. An Ladhoryon a veras an eyl orth y gela in trist, hag y ow sensy carnow an colanow in aga dêwla.

"Me a wor," yn medh onen anodhans dh'y gela, "nyns eus tra vëth gesys i'n tor'-ma ma's y gregy."

"Y gregy," an den aral a leverys wàr y lergh. Y a golmas dêwla Pinocchio adhelergh dh'y scodhow ha slyppya an cabester adro dh'y godna. Y a dowlas an lovan dres branch uhel a dherowen vrâs ha tedna an Popet truan pell in bàn i'n air.

Contentys gans aga ober, y a esedhas wàr an gwels ha gortos erna wrella Pinocchio anella rag an prës dewetha. Saw wosa try our lagasow an Popet o whath egerys, y anow degës hag yth esa y arrow ow pôtya creffa ès bythqweth.

Sqwith dell êns a'n gortos hir, an Ladhoryon a wre ges anodha ha leverel:

"Farwèl bys avorow. Pàn wrellen ny dewheles myttyn avorow, yma govenek dhyn te dhe vos cortes lowr dhe'th trouvya marow ha'th anow ledan-egerys."

Warlergh leverel an geryow-na y a dhepartyas.

Nebes mynys a bassyas hag ena gwyns crev a dhalathas whetha. Pàn esa an gwyns ow scrija hag owth uja, an gwas truan a vedha whethys in rag ha wàr dhelergh kepar ha tavas clogh. Ev a veu clâv in y bengasen, ha'n colm re ow strotha dhe voy pùpprës a wrug y daga.

Nebes ha nebes nywl a dheuth wàr y dhewlagas.

Yth esa an Mernans ow nessa pùpprës, hag yth o govenek dhe'n
Popet y whre nebonen caradow dos rag y selwel, saw ny veu gwelys
den vëth. Pàn esa ev parys dhe verwel, ev a brederys a'y das coth
truan, ha kyn na wodhya ev yn ewn pandr'esa ev ow leverel, ev a
hanajas dhodho y honen:

"Ogh, a Das, a Das wheg! Govy nag esta obma!"

An re-na a veu y eryow dewetha. Ev a dhegeas y lagasow, egery y
anow, istyna y arrow ha cregy ena kepar ha pàn o va marow.

CHAPTRA XVI

Yma an Vowes Teg, Blou hy Gols,
ow kerhes an Popet truan. Yma hy worth y settya
a'y wroweth i'n gwely hag ow somona try Medhek
rag leverel dhedhy usy Pinocchio whath ow peêwa.

Mar teffa an Popet truan ha cregy ena meur pelha, y fia kellys pùb govenek ragtho. I'n gwelha prës, Mowes Teg, Blou hy Gols, a veras in mes a'y fenester arta. Hy a veu lenwys a byteth pàn welas hy an gwas bian truan tossys adro dyweres i'n gwyns. Hy a dackyas hy dêwla tergweyth yn lybm warbarth.

Pàn veu gwrës hedna, y feu clôwys eskelly ow whyrny hag y teuth Faucùn brâs hag esedha wàr legh an fenester.

"Pandr'esta ow comondya, a Fay sêmly," an Faucùn a wovydnas, ow plêgya dhedhy gans revrons brâs (rag yth yw res godhvos nag o an Vowes Teg ken tra vëth ès Fay hegar, o tregys ryb an forest nans o moy ès mil vledhen).

"A welta an Popet-na cregys dhywar vranch an dherowen vrâs enos?"

"Me a'n gwel."

"Wèl, dhana. Gwra neyjya bys dhodho dystowgh. Gans dha elvyn crev, torr an colm usy worth y sensy; kebmer e dhe'n dor, ha'y settya yn clor a'y wroweth orth goles an dherowen-na."

51

An Faucùn a neyjyas in kerdh ha warlergh dyw vynysen, ev a dhewhelys hag a leverys:

"Me re wrug warlergh dha arhadow."

"Fatl'o va pàn wrusta y gafos? O va yn few pò marow?"

"Orth an kensa golok, me a gresy ev dhe vos marow. Saw me a dhyscudhas y feuma myskemerys, rag kettel wrug vy lowsya an colm adro dh'y godna, ev a hanajas yn town hag a wrug stlevy, feynt y lev, 'Yth esoma owth omglôwes gwell lebmyn.'"

An Fay a dackyas hy dêwla warbarth dywweyth. Yth apperyas Pûdel spladn, ow kerdhes wàr y arrow delergh kepar ha den.

Yth o an Pûdel gwyskys in cyvyl cort rial. Yth o hot tryhornek afînys gans lâss settys wàr denewen y bedn a-ugh fâls-blew crùllys esa ow skydnya bys in y wast. Yth o jerkyn jolyf a velvet a lyw an choclet adro dhodho, ha'n botodnow o gwrës a owr. Yth esa dew bocket brâs in jerkyn a vedha lenwys pùpprës a eskern, gorrys inhans gans y vêstres cuv. Yth o lavrak a velvet cogh ha lodrow owrlyn adro dh'y arrow ha wàr y dreys ev a'n jeva eskyjyow, a arhans aga boclys. Yth esa gorher a owrlyn glas adro dh'y lost rag y wetha rag an glaw.

"Deus, Medoro," yn medh an Fay dhodho. "Gwra parusy an gwelha côcha usy dhybm ha kê bys i'n forest. Pàn wrylly drehedhes an dherowen, te a gav Popet truan hanter-marow istynys in mes wàr an gwels. Gwra y dherevel yn tender, y settya wàr bluvogow medhel an côcha ha'y dhry obma bys dhybm."

May whrella va dysqwedhes ev dhe gonvedhes hy geryow, an pûdel a lescas dywweyth pò tergweyth y lost in dadn an gorher owrlyn, ha dallath yn uskys wàr y negys.

Kyns pedn nebes mynys an côcha sêmly bian a dheuth in mes a'n stâbel. Yth o an côcha gwrës a weder, hag yth o an esedhvaow ino mar vedhel avell dehen whyppys ha pùdyn choclet, stoffys dell êns gans pluv canarys. Yth esa cans kespar a logos gwydn orth y dedna, hag yth esa an pûdel a'y eseth in tyller an drîvyor ow crackya y whyp fest mery i'n air, kepar ha pàn ve va côchor in gwir hag ev ow fysky tro ha pedn an fordh.

Warlergh qwarter our an côcha o dewhelys. An Fay, esa ow cortos orth daras an chy, a dherevys an Popet bian truan in hy dywvregh, y dhon bys in chambour dainty, perlek y fosow, y settya a'y wroweth i'n gwely ahës ha dystowgh kerhes medhygyon vrâssa an côstys-na dhe'n tyller-na.

An vedhygyon a dheuth an eyl wosa y gela, Brân, Ûla ha Gryll an Cows.

"A syrys," yn medh an Fay, ow trailya dhe'n try medhek adro dhe wely Pinocchio, "me a garsa godhvos yw an Popet-ma marow, pò usy ev ow pêwa."

Erhys indella an Vran a gemeras stap in rag hag a davas pols Pinocchio, y dhewfrik ha bës bian y droos. Ena ev a leverys an geryow-ma, solem y lev:

"Dhe'm breus vy," yn medh ev, "gyllys ha marow yw an Popet-ma, saw a pe va dre neb drok-hap whath yn few, ena hedna a via tôkys certan y vos ev whath ow pêwa."

"Drog yw genef," yn medh an Ûla, "contradia tybyans an Vran, ow kesmedhek wordhy ha gerys dâ. Dhe'm tybyans vy, yma an Popet-ma whath ow pêwa; saw a pe va marow dre neb drok-hap, ena hedna a via tôken sur y vos ev marow yn tien."

"Hag esta jy ow predery neb tra adro dhe'n câss?" yn medh an Fay dhe Gryll an Cows.

"Me a lever, pàn na vo godhvedhys dhe'n medhek fur an pëth ewn dhe leverel, bos res dhodho sensy y anow degës. Nyns yw an Popet-na ùncoth dhybmo vy bytegyns. Aswonys ywa dhybm termyn hir."

Pinocchio o pòr gosel bys i'n eur-na, saw i'n tor'-na ev a dremblas mar grev may whrug an gwely crena.

"An Popet-na," an Gryll a bêsyas, "yw sherewa a'n sort lacka."

Pinocchio a egoras y lagasow ha'ga degea arta.

"Ev yw dyscortes, diek ha foesyk kefrës."

Pinocchio a gudhas y fâss in dadn lienyow an gwely.

"Yth yw an Popet-na mab dywostyth usy ow terry colon y das."

Y feu clôwys olva hir ha tremblans, hag ena hanajow down. Assa veu kenyver onen sowthenys, pàn wrussons lyftya an lienyow ha dyscudha Pinocchio hanter-tedhys in dagrow.

"Pàn vo an re-ma owth ola, ymowns y ow tallath amendya," yn medh an Vran yn solem.

"Drog yw genef contradia ow hothman gerys dâ ha'm kesmedhek," yn medh an Ûla, "saw warlergh ow thybyans vy, pàn wrella an re marow ola, tôkyn yw na garsens merwel."

CHAPTRA XVII

Yma Pinocchio ow tebry shùgra saw ny vydn ev
lenky medhegneth. Pàn dheffa an baloryon bedhow
rag y gemeres in kerdh, ev a ev an medhegneth hag omglôwes
dhe well. Warlergh hedna ev a lever gow,
hag yma y frigow ow tevy dhe hirha ha dhe hirha.

Kettel o gyllys an try medhek in mes a'n chambour, an Fay êth
bys in gwely Pinocchio ha'y dava wàr y dâl. Hy a welas fatell
esa va ow lesky gans an fevyr.

Hy a dedhas polter gwydn in hanter-gwedren dowr hag a'n ros
dhe'n Popet ow leverel dhodho yn caradow:

"Gwra eva hebma, ha kyns pedn nebes dedhyow te a vëdh
yaghhës."

Pinocchio a veras orth an wedren, gwil mowa ha govyn in udn
gyny:

"Ywa wheg pò wherow?"

"Wherow yw saw dâ vëdh dhis."

"Mars ywa wherow, ny'n caraf."

"Gwra y eva."

"Ny garaf vy tra vëth wherow."

"Gwra y eva ha me a re dhis darn shùgra rag kemeres an saworen
wherow in mes a'th anow."

"Ple ma an shùgra?"

"Ot obma va," yn medh an Fay, in udn gemeres tabm shùgra in
mes a'n scala.

"Me a garsa an shùgra kyns oll; ena me a wra eva an dowr
wherow."

"Esta ow promyssya?"

"Esof."

An Fay a ros an shùgra dhodho, ha warlergh y gnias ha'y lenky
dystowgh, Pinocchio a frappyas y wessyow hag a leveryo:

"A pe medhegneth an shùgra, me a vynsa y gemeres kenyver
jorna."

55

"Lebmyn, gwra warlergh dha bromys hag ev an nebes banahow-ma. Y a wra dâ dhis."

Pinocchio a gemeras an wedren in y dhêwla ha herdhya y frigow inhy. Ev a's derevys bys in y anow ha herdhya y frigow inhy unweyth arta.

"Re wherow ywa, fest re wherow. Ny allama y eva."

"Fatell wodhesta hedna, pàn na wrusta y assaya?"

"Me a yll y dhesmygy. Me a glôwas an fler. Me a garsa tabm moy a shùgra. Ena me a'n ev."

An Fay, mar hir hy ferthyans avell hir-berthyans mabm dhâ, a ros moy shùgra dhodho hag ena istyna an wedren dhodho arta.

"Ny allama y eva indella," yn medh an Popet, hag ev a wrug mowys moy.

"Prag na ylta?"

"Dre rêson an bluvak-na orth ow threys dhe'm trobla."

An Fay a gemeras an bluvak in kerdh.

"Ny wra hedna servya. Ny allama y eva i'n tor'-ma."

"Pandr'usy worth dha drobla lebmyn?"

"Ny blêk dhybm syght a'n daras. Yth ywa hanter-egerys."

An Fay a dhegeas an daras.

"Ny vanaf vy y eva," yn medh Pinocchio yn uhel. "Ny vanaf vy eva an dowr uthyk-ma. Na vanaf. Nefra, nefra, nefra!"

"Te a vêdh edrek, a vab."

"Ny'm deur màn."

"Te yw pòr glâv."

"Ny'm deur màn."

"Kyns pedn nebes ourys an fevyr a vydn dha dhry abell bys in bês aral."

"Ny'm deur màn."

"A nyns usy an mernans orth dha ownekhe?"

"Nag usy màn. Gwell via genef merwel ès eva an medhegneth uthyk-na."

I'n very termyn-na daras an chambour a egoras ha peswar Conyn a entras. Y o mar dhu avell ink, hag yth esens ow ton logel vian wàr aga scodhow.

"Pandr'esowgh why ow tesîrya dhyworthyf?" Pinocchio a wovydnas.

"Devedhys on rag dha dhon in kerdh," yn medh an Conyn brâssa.
"Ow don vy in kerdh? Saw nyns oma marow whath."

"Nag os, nyns osta marow whath, saw te a verow yn scon, drefen te dhe sconya dhe gemeres an medhegneth a vynsa dha yaghhe."

"Ogh, a Fay, a Fay guv," an Popet a grias, "ro dhybm an wedren-na. Yn uskys dell y'm kyrry. Ny garsen merwel! Nâ, nâ, ny garsen merwel whath."

Ev a sêsyas an wedren in y dhêwla ha lenky an medhegneth wàr udn labm.

"Wèl," yn medh an peswar Conyn, "ny re dheuth obma an treveth-ma in vain."

Hag y a drailyas ha kerdhes yn solem in mes a'n chambour, ow ton aga logel vian dhu gansans hag ow croffolas in dadn aga anal.

Dystowgh Pinocchio a omglôwas yagh. Wàr udn labm ev a savas in bàn in mes a'n gwely. Rag res yw godhvos na vêdh popettys a bredn clâv ma's bohes venowgh, hag ymowns y ow yaghhe pòr uskys.

Pàn wrug an Fay y weles ow ponya hag ow terlebmel adro dhe'n chambour maga fery avell hôk, hy a leverys dhodho:

"Y feu ow medhegneth dâ ragos wosa pùb tra, a ny veu?"

"Yth o va gwell ès dâ. An medhegneth a worras bêwnans nowyth inof."

"Prag ytho y feu res dhybm dha besy mar freth dh'y eva?"

"Me yw maw, te a wel, ha moy cas yw medhegneth ès cleves dhe bùb maw."

"Dieth yw hedna. An vebyon a dalvia godhvos y hyll medhegneth aga gwetha rag pain ha rag mernans kyn fe, mar pëdh ev kemerys abrës."

"An nessa prës ny vëdh res dhis ow fesy mar freth. Me a vydn perthy cov a'n Conynas du-na, esa an logel dhu wàr aga scodhow, ha me a vydn kemeres an wedren ha wàr nans ganso!"

"Deus obma ha derif dhybm fatla wharva te dhe godha in dêwla an Ladhoryon Gudh."

"Y wharva Debror Tan dhe ry pymp bath owr dhe ry dhe'm Tas, saw wàr an fordh me a vetyas gans Lowarn ha gans Cath, hag y a wovydnas orthyf, 'A garsesta gwil pymp mil a'n pymp bath?' Ha me a worthebys 'Carsen.' Hag y a leverys, 'Deus genen ny bys in Gwel an Merclys.' Ha me a leverys, 'Deun alebma.' Ena y a leverys, 'Gesowgh ny dhe bowes in Tavern an Legest Rudh rag kynyewel ha wosa hanter-nos ny a vydn dallath wàr agan fordh arta.' Ny a dhebras ha mos dh'agan gwely. Pàn wrug vy dyfuna, y o gyllys ha me a dhalathas in mes i'n tewolgow ow honen oll. I'n fordh me a vetyas gans dew Ladhor Cudh, esa seghyer glow du adro dhedhans, hag y a leverys dhybm, 'Ro dhyn dha vona pò te a verow,' ha me a leverys 'Ny'm beus mona vëth," rag me a worras, a welta jy, an mona in dadn ow thavas. Onen anodhans a whelas gorra y dhorn aberth i'm ganow ha me a wrug y vrathy dhyworto; saw nyns o dorn ma's paw cath. Hag y a bonyas wàr ow lergh, ha me a bonyas hag a bonyas, erna wrussons ow hachya ha kelmy ow hodna gans lovan ha'm cregy orth gwedhen. Hag y a leverys, 'Ny a wra dewheles avorow rag dha gafos ha te a vëdh marow ha'th anow egerys, hag ena ny a vydn kemeres an bathow owr neb yw kelys genes in dadn dha davas.'"

"Ple ma an bathow owr lebym?" an Fay a wovydnas.

"Me a's collas," Pinocchio a worthebys, saw hedna a veu gow, rag yth esens ganso in y bocket.

Kepar dell gowsas ev, y frigow, kynth êns hir, a wrug hirhe adro dhe dhyw vêsva moy.

"Ha ple whrusta aga helly?"

"I'n coos rybon ny."

Pàn leverys ev an secùnd gow-na, y frigow a devys nebes mêsvaow hirra.

"Mar qwrusta aga helly i'n coos rybon," yn medh an Fay, "ny a vydn aga whelas ha trouvys y a vëdh, rag pynag oll dra a vo kellys ena, y fëdh kefys pùpprës."

"Â, yth esoma ow remembra lebmyn," an Popet a worthebys, hag ev dhe voy ha dhe voy ancombrys, "Ny wrug vy kelly an bathow owr, saw me a's loncas pàn evys vy an medhegneth."

Pàn leverys ev an tressa gow-na, y frigow êth hirra ès bythqweth, mar hir na ylly ev trailya adro kyn fe. Pàn wre trailya adhyhow, y frigow a wesky an gwely pò gweder an fenester; pàn wre ev ha trailya aglêdh, ev a wesky an fosow pò an daras. Pàn wre ev derevel y frigow nebes, namna wre va herdhya lagasow an Fay in mes a'y fedn.

Yth esa an Fay owth esedha hag ow meras orto in udn wherthyn.

"Prag yth esta ow wherthyn?" an Popet a wovydnas orty, rag ev a veu ancrêsys pàn welas ev fatell wrug y frigow tevy.

"Yth esof vy ow wherthyn orth pùb gow esta ow leverel."

"In pana vaner a wodhesta me dhe leverel gow?"

"An gow yw aswonys adhesempys, a vab. Yma dew sort gowegneth i'n bës; gow an garrow cot ha gow an frigow hir. Frigow hir a's teves an sort gowegneth esta ow leverel i'n tor'-ma."

Dre rêson na wodhya ev ple hylly ev cudha y sham, Pinocchio a whelas diank in mes a'n chambour. Saw y frigow o gyllys mar hir, na ylly ev aga gorra der an daras.

CHAPTRA XVIII

*Yma Pinocchio ow metya gans an Lowarn
ha gans an Gath arta, hag yma va ow mos gansans
dhe wonys an bathow owr in Gwel an Merclys.*

Kepar dell yllowgh why desmygy, an Fay a asas dhe'n Popet ola
ha mùrnya adro dhe hirder y frigow ha dre rêson na ylly ev aga
gorra der an daras. Hy a wrug indella may halla hy desky lesson dâ
dhodho, ha gwil dhodho convedhes na dalvia dhodho leverel gow,
rag hèn yw an ûsadow lacka a yll maw bian practycya. Saw pàn wrug
hy gweles y fâss mar wydn gans own ha'y dhewlagas ow sevel in mes
a'y bedn gans gans euth, hy a dhalathas kemeres pyteth anodho ha
hy a dackyas hy dêwla warbarth. Heb let y teuth mil gasek coos ow
neyjya der an fenester hag y a esedhas wàr frigow hûjes brâs
Pinocchio. Y a bigas hag a bigas mar dhywysyk orth an frigow
cowrek-na, may fowns y kyns pedn nebes mynys mar vian avell kyns.

"Ass osta dâ dhybm, a Fay wheg," yn medh Pinocchio, ow teseha
y lagasow, "hag ass osta kerys genef."

"Te yw kerys genef vy inwedh," an Fay a worthebys, "ha mars osta
whensys dhe remainya genef, te a yll bos ow broder bian ha me a
vêdh dha whor vian dhâ."

"Me a garsa gortos obma—saw pandra goodh dhybm gwil ow
tùchya ow thasyk truan?

"Me re brederys a hedna. Dha das re beu kerhys hag ev a vêdh
obma kyns nos."

"In gwir?" Pinocchio a grias yn lowen. "Ena, a Fay dhâ, mar mynta
alowa dhybm, me a garsa mos dhe vetya ganso. Scant ny allama gortos
erna wryllyf abma dhe'n den coth caradow-na, rag ev a sùffras
kebmys rag ow herensa vy."

"Yn sur, te a yll gwil indella. Saw kebmer with na wrêta mos wàr
stray. Kê wàr drûlergh an coos ha te a wra y dhierbyn heb dowt
vêth."

Pinocchio a dhalathas wàr y fordh, ha pàn wrug ev cafos y honen
i'n coos, ev a bonyas kepar ha carow. Ev a dhrehedhas an dherowen

vrâs ha sevel, rag ev a gresy ev dhe glôwes neppÿth ow rùstla i'n bùshys. Gwir o hedna. Otta a'ga sav dhyragtho ev a welas an Lowarn ha'n Gath, an dhew goweth a dhebras ev gansans in Tavern an Legest Rudh.

"Hèn yw agan Pinocchio cuv ow tos dhyn," an Lowarn a grias, orth y vyrla hag owth abma dhodho. "Fatla wharva te dhe vos obma?"

"Dhe vos obma?" yn medh an Gath wàr y lergh.

"Pòr hir yw an whedhel," yn medh an Popet. "Gas vy dh'y dherivas dhywgh. An nos-na pàn wrussowgh why ow gasa vy ow honen oll i'n Tavern, me a vetyas gans an Ladhoryon Gudh i'n fordh—"

"An Ladhoryon Gudh? Ogh, a gothman truan! Ha pandr'esens y ow tesîrya?"

"Y a garsa cafos ow bathow owr."

"Sherewys," yn medh an Lowarn.

"Sherewys a'n sort lacka," an Gath a addyas.

"Ena me a dhalathas ponya," an Popet a bêsyas, "hag yth esens y worth ow sewya, erna wrussons ow hachya ha'm cregy dhywar scoren an dherowen-na."

Pinocchio a dhysqwedhas an wedhen vrâs rypthans.

"A alsa tra vëth bos lacka ès hedna?" yn medh an Lowarn. "Ass yw uthyk an bës-ma avell tyller dhe vos tregys ino! Ple hyllyn ny cafos tyller saw rag tus jentyl kepar ha ny?"

Kepar dell esa an Lowarn ow côwsel indella, Pinocchio a verkyas fatell esa paw dyhow an Gath in grugys scoodh.

"Pandra wharva dhe'th paw?" ev a wovydnas.

An Gath a whelas gortheby saw ev a veu kebmys kemyskys in y gows, may feu res dhe'n Lowarn y weres.

"Re uvel yw ow hothman dhe wortheby. Me a vydn gortheby in y le. Adro dhe our alebma ny a vetyas bleydh coth i'n fordh. Ev o hanter-marow gans nown hag a'gan pesys dh'y weres. Drefen nag esa tra vëth genen dhe ry dhodho, pandra wrug ow hothman, esta ow cresy, a'y garadêwder brâs? Gans y dhens y honen ev a wrug brathy an paw dhywar y arr arâg ha'y dôwlel dhe'n best truan na, may halla va cafos neb tra dhe dhebry."

Pàn esa ev ow côwsel an Lowarn a dhesehas dagren dhywar y vogh.

Namnag esa Pinocchio y honen owth ola pàn whystras ev in scovarn an Gath:

"A pe oll an cathas kepar ha te, assa via hedna fortyn dâ rag an logos."

"Ha pandr'esta ow qwil obma?" an Lowarn a wovydnas orth an Popet.

"Yth esoma ow cortos ow thas, hag ev a vëdh obma kyns napell."

"Ha ple ma dha vathow owr?"

"Ymowns y genef vy i'm pocket, y oll marnas onen neb a spênys vy in Tavern an Legest Rudh."

"Ha gwra desmygy y hyll an peswar bath-na bos gwrës dyw vil avorow. Prag na wrêta goslowes orthyf? Prag na vynta jy aga gonys in Gwel an Merclys?"

"Ny yllyr y wil hedhyw. Me a vydn dos genowgh neb termyn aral."

"Dëdh aral a vëdh re holergh."

"Prag?"

"Drefen an gwel-na dhe vos prenys gans den pòr rych, ha hedhyw yw an jëdh dewetha may fëdh an gwel egerys dhe'n bobel."

"Pes mildir alebma yw an gwel-na, Gwel an Merclys?"

"Nyns yw ma's dyw vildir alebma. A vynta dos genen ny? Ny a vëdh ena kyns pedn hanter-our. Te a yll gonys an mona, ha wosa nebes mynys te a wra cùntell dha dhyw vil vath ha dewheles tre avell den rych. Esta ow tos?"

Pinocchio a hockyas pols kyns ès gortheby, rag ev a borthas cov a'n Fay dhâ, a Geppetto coth hag a gùssul Gryll an Cows. Ena ev a wrug an pëth usy pùb maw ow qwil, pàn na'n jeves colon vëth ha pàn nag eus dhodho ma's nebes empydnyon. Ev a dherevys y scodhow ha leverel dhe'n Lowarn ha dhe'n Gath:

"Deun ny alebma. Me â genowgh."

Hag y a dhybarthas.

Y a gerdhas hanter-dëdh dhe'n lyha ha wàr an dyweth y a dheuth dhe'n dre gelwys Cyta Cachya-Scogydnow. Kettel wrussons entra i'n dre, Pinocchio a verkyas fatell o oll an strêtys leun a geun dyvlew hag y ow tiena rag nown, a dheves knyvys hag y ow crena gans yêynder, a yer dygrîben, ow pesy hâsen gwaneth, a dycky-duwas brâs, na ylly neyjya dre rêson aga lywyow teg dhe vos gwerthys gansans, a bayonas dylost, neb o methek dhe dhysqwedhes aga honen, a fesons caglys, ow scappya yn uskys hag y ow mùrnya aga fluv spladn a owr hag a arhans o kellys gansans rag nefra.

Y whre côcha teg passya traweythyow der an bùsh brâs-ma a vohosogyon hag a veggyers. Yth o esedhys i'n côcha pùpprës Lowarn, Hôk pò Vùltur.

"Ple ma Gwel an Merclys?" Pinocchio a wovydnas rag ev ow sqwith a'n hir-wortos.

"Kebmer perthyans. Nyns usy ev ma's nebes stappys alebma."

Y a bassyas der an cyta, ha pols avês dhe'n fosow, y a gerdhas aberth in gwel dygoweth, a hevelly bos kepar ha pùb gwel aral.

"Otta ny obma," yn medh an Lowarn dhe'n Popet. "Gwra palas toll obma ha gorr ino an bathow owr."

An Popet a obeyas dhodho. Ev a wrug palas an toll, gorra an peswar bath owr ino ha'y gudha arta gans rach.

"Ha lebmyn," yn medh an Lowarn, "kê bys i'n gover-na rybon, ha droy obma arta bùcket a dhowr. Gwra scùllya hedna dres an tyller."

Pinocchio a sewyas an dyscans-na yn clos, saw dre rêson na'n jeva bùcket, ev a gemeras y eskys dhywar y droos, y lenwel a dhowr ha scùllya an dowr dres an dor esa an mona in dadno. Ena ev a wovydnas:

"Yw res dhybm gwil ken tra?"

"Hèn yw lowr," yn medh an Lowarn. "Lebmyn ny a yll dyberth. Gwra dewheles obma kyns pedn ugans mynysen, ha te a gav an wedhen grappys ow tevy obma ha'y branchys leun a vathow owr."

Yth esa Pinocchio mes a'y rêwl gans lowena hag a ros grassow dhe'n Lowarn ha dhe'n Gath liesgweyth hag a bromyssyas ro teg dhodhans aga dew.

"Nyns eus otham dhyn a ro vëth dhyworthys," an dhew dhrogwas. "Lowr yw dhyn ny dhe'th weres dhe devy rych heb bohes anken pò heb anken vëth. Rag hedna ny yw mar lowen avell myterneth."

Y a asas farwèl gans Pinocchio hag ow whansa fortyn dâ dhodho, y a dhepartyas.

CHAPTRA XIX

Yth yw Pinocchio robbys a'y vathow owr,
hag avell pùnyshment ev a gav peswar mis i'n pryson.

An Popet a dhewhelys dhe'n cyta ha dallath reckna an mynys ha pàn gresy ev yth o devedhys an termyn, ev êth arta bys i'n fordh esa ow lêdya dhe Wel an Merclys.

Dell esa ev ow kerdhes, uskys y stap, otta y golon ow frappya yn crev tyck, tack, tyck, tack, avell euryor brâs. Oll an termyn-na ev a levery dhodho y honen:

"Fatla via, mar teffen ha trouvya dyw vil in le udn vil? Pò insted a dhyw vil me dhe gafos pymp mil—pò cans mil? I'n eur-na me a vynsa prena palys teg, ha cans stâbel ino lenwys a vergh predn rag gwary gansans. Y fia ow seldar ow reverthy gans dewas lymon ha gans syropys, hag y fia ino lyverjy lenwys a whegednow, a grampeth avallow, a gâkys wheg, a desednow alamandys hag a wastellow in dehen."

Indella ev a dheuth bys i'n gwel hag ev ow tydhana y honen gans fancy. Ena ev a savas rag gweles mar calla va dre jauns gweles gwedhen grappys leun a vathow owr. Saw tra vëth ny welas ev. Ev a gemeras nebes stappys moy, saw ny welas ev tra vëth whath. Ev a entras i'n gwel. Ev êth bys i'n tyller may whrug ev palas an toll hag encledhyas an bathow owr. Nyns o tra vëth dhe weles. Pinocchio a veu pòr brederus, hag in udn ankevy y vanerow teg yn tien, ev a dednas y dhorn in mes a'y bocket ha cravas y bedn yn tâ.

Pàn esa ev ow qwil hedna ev a glôwas wharth uhel ogas dh'y bedn. Ev a drailyas adhesempys ha gweles Popynjay esedhys nebes a-ughto wàr scoren gwedhen, hag yth esa an Popynjay owth afîna y bluv.

"Prag yth osta skydnys in wharth?" Pinocchio a wovydnas nebes crowsek?

"Yth esoma ow wherthyn rag pàn esen vy owth afîna ow fluv, me a worras debron inof in dadn ow askel."

65

Ny worthebys an Popet. Ev a gerdhas bys i'n gover, lenwel y eskys
a dhowr, hag unweyth arta y scùllya wàr an dor esa an bathow owr
in dadno.

Y feu clôwys i'n gwel cosel wharth aral, moy taunt ès an kensa
wharth.

"Dar," an Popet a grias yn serrys, "a vynta derivas dhybm, a Vêster
Popynjay, pandr'usy worth dha dhydhana kebmys?"

"Yth esoma ow wherthyn adro dhe'n bobbys-na usy ow cresy
pynag oll dra a wrellens clôwes, hag usy owth alowa dhedhans aga
honen dhe vos kechys fest êsy i'n maglednow settys ragthans."

"Esta martesen ow referrya dhybmo vy?"

"Esof in gwir, Pinocchio truan—te yw mar wocky mayth esta ow
cresy y hyll owr bos gonedhys in gwel poran kepar ha fâ pò
pompyons. Me a gresy hedna i'n termyn eus passys, hag yma edrega
vrâs dhybm adro dhodho. Hedhyw (re holergh) me re dheskys
hebma: mars yw nebonen whensys dhe wainya mona, res yw dhodho
y dhendyl der y dhêwla pò der y empydnyon."

"Ny worama pandr'esta ow leverel," yn medh an Popet, rag yth
esa ev ow tallath crena rag ewn own.

"Re dhrog. Me a vydn styrya ow honen dhe well," yn medh an Popynjay. "Pàn esta gyllys aberth i'n cyta, an Lowarn ha'n Gath a dhewhelys dhe'n tyller-ma wàr hast. Y a gemeras an peswar bath owr o encledhys genes hag y a bonyas in kerdh scaffa gyllens. Pynag oll a wrella aga hachya, ev a vëdh den colodnek."

Ganow Pinocchio a egoras yn ledan. Ny ylly ev cresy geryow an Popynjay saw ev a dhalathas palas yn whyls i'n dor. Ev a wrug palas ha palas erna veu an toll mar vrâs avello y honen, saw nyns esa mona vëth dhe gafos. Yth o gyllys kenyver deneren.

In y dhyspêr an Popet a bonyas dhe'n cyta ha mos straft dhe jy an gort may halla va reportya an ladrynsy dhe'n jùstys. An Jùstys o Gorsym brâs, coth ha wordhy. Yth esa barv wydn ow cudha y vrèst hag ev o gwyskys in spectaclys owrek aga emlow, o an gweder codhys in mes anodhans. Ev a wysca an spectaclys-na, ev a levery, drefen y lagasow dhe vos gwadnhës gans ober kebmys a vledhydnyow.

Pinocchio a dheuth dhyragtho hag a dherivas y whedhel trist. Ev a ros henwyn an ladron hag a wrug aga descrefa. Ena ev a besys gwirvreus ragtho y honen.

An jùj a woslowas, pòr hir y berthyans. Yth esa golok hegar ow shînya in y lagsow. An whedhel o a les brâs dhodho. Ev a veu amôvys ha namna wrug ev devera dagrow. Pàn o geryow an Popet gorfednys, an Jùstys a istynas y dhorn ha seny clogh.

Pàn veu clôwys an son-na, dew wylter a omdhysqwedhas hag y gwyskys in udnform Gwethysy Cres.

Ena an Jùstys a dhysqwedhas Pinocchio gans y dhorn hag a leverys pòr solem y lev:

"Peswar bath owr re beu ledrys dhyworth an Popet gocky-ma. Kemerowgh e ytho ha tôwlowgh e dhe bryson."

Pàn glôwas an Popet hedna, ev a veu sowthenys fest. Ev a whelas protestya, saw an dhew offycer a weskys aga fawyow dres y anow ha'y herdhya in mes a'n gort bys i'n pryson.

Res o dhodho gortos ena peswar mis hir. Na ve chauns pòr fortydnys, y fia res dhodho dre lycklod gortos ena termyn pelha. Rag, a flehes cuv, res yw dhywgh godhvos fatell wrug emperour Cyta Cachya-Scogydnow termyn cot alena fetha y escar ha gwainya vyctory brâs. Rag solempnya an vyctory-na ev a erhys may fe gwrës golowys, tanweyth, dysqwedhyansow a bùb sort, ha'n dra welha oll, may fe egerys daras kenyver pryson.

"Mars yw frank an re erel, me yw frank inwedh," yn medh Pinocchio dhe'n Jailer.

"Nag os," an Jailer a worthebys. "Te yw onen a'n re-na, an—"

"Gav dhybm," yn medh Pinocchio ow coderry y eryow, "Me inwedh yw lader."

"I'n câss-na te inwedh yw frank hag a yll mos dhe wary," yn medh an Jailer. Ev a gemeras y gappa dhywar y bedn ha plêgya yn isel. Ev a egoras daras an pryson ha Pinocchio a bonyas in mes hag in kerdh, heb meras unweyth wàr dhelergh.

CHAPTRA XX

Delyfrys in mes a'n pryson, yma Pinocchio
ow tallath wàr y fordh dhe dhewheles dhe'n Fay;
saw i'n fordh yma va ow metya Serpent
ha moy adhewedhes kechys yw in maglen.

W hy a yll desmygy pana lowen a veu Pinocchio pàn wrug ev cafos y honen frank. Heb leverel eâ pò nâ, ev a fias dhyworth an cyta ha dallath wàr an fordh esa ow lêdya wàr dhelergh dhe jy an Fay deg.

Glaw o codhys dres lies dëdh i'n tor'-na hag yth esa kebmys lis wàr an fordh, may whre Pinocchio sedhy i'n lis traweythyow bys in y dhêwlin.

Saw nyns o hedna bern dhe'n Popet.

Tormentys dell o gans an desîr a weles y das ha'y whor, Fay an Gols Blou, ev a bonyas kepar ha greont. Dell esa ev ow ponya, y feu lis scùllys warnodho bys in y gappa.

"Assa veuma trist," yn medh ev dhodho y honen. "Bytegyns y feu pùb tra dendylys genef, rag yn certan me re beu stordy ha gocky. Res yw dhybm pùpprës cafos ow bolùnjeth ow honen. Nyns oma parys dhe woslowes orth an re-na usy worth ow hara vy hag yw moy skentyl agesof. Saw alebma rag me a vëth chaunjys, ha me a vydn assaya dhe vos maw gostyth pur. Me re dhyscudhas heb dowt vëth, na vëdh mebyon dhywostyth lowen in termyn vëth, ha wàr aga fordh hir, ymowns y ow sùffra pùpprës. Dâ via genef godhvos usy ow Thas orth ow gortos. A wrama y gafos in chy an Fay? Nans yw lies dëdh na wrug vy y weles, an den truan, hag yth esoma ow whansa y gerensa ev ha'y abmow. Hag a wra an Fay nefra gava dhybm oll an drog-taclow gwrës genef? Hy re re beu mar dhâ dhybm, ha hy a selwys ow bêwnans. Eus mab lacka pò moy dydrueth agesof vy in tyller vëth?"

Pàn esa ev ow côwsel ev a savas yn sodyn ha rewy rag ewn euth. Pandr'o an mater?

69

Yth esa Serpont hûjes brâs a'y wroweth istynys dres an fordh—
Serpont glas spladn y grohen, tanek y dhewlagas esa ow terlentry hag
ow lesky, hag yth esa y lost lybm ow megy kepar ha chymbla.

Pinocchio a gemeras own brâs. Ev a bonyas wàr dhelergh neb
hanter-mildir, ha wàr an dyweth ev a sedhas wàr garn meyn dhe
wortos erna wrella an Serpont dyberth ha gasa an fordh cler dhodho.

Pinocchio a wortas udn our; dew our; try our; saw yth esa an
Serpont i'n fordh pùpprës, ha pell dhyworto kyn fe ev a wely y
lagasow rudh ow terlentry ha coloven an mog esa ow terevel dhywar
y lost hir ha lybm.

Pinocchio, in udn whelas bos pòr golodnek, a gerdhas strait bys
dhodho hag a leverys dhodho, wheg ha clor y lev:

"Gevowgh dhybm, a Vêster Serpont, a vynsowgh why bos mar
guv dhe waya adenewen may hallen passya?"

Y fia kebmys prow dhodho côwsel orth fos. Ny wrug an Serpont
gwaya màn.

Unweyth arta Pinocchio a gowsas, whegh ha clor y lev avell kyns.

"Why a dal godhvos, a Vêster Serpont, ow bosama ow mos tre, le
may ma ow thas orth ow gortos. Ny wrug vy y weles nans yw termyn
hir. A vynsowgh why martesen gasa dhybm passya?"

Ev a wortas neb tôkyn a worthyp dh'y bejadow, saw ny dheuth
gorthyp vëth. I'n contrary part, an Serpont glas, neb a apperyas bys

ena bos yn tyfun ha leun a vêwnans, a veu cosel dystowgh ha ny wrug ev môvya. Y lagasow a dhegeas ha'y lost a cessyas megy.

"Ev yw marow martesen," yn medh Pinocchio, ow rùttya y dhêwla warbarth yn lowen. Heb hockya pols vëth ev a dhalathas kerdhes dresto. Ny wrug ev ma's lyftya udn arr, pàn dherevys an Serpont yn sodyn kepar ha sprynga, ha'n Popet a godhas wàr dhelergh wàr y gilben. Ev a godhas mar gledhek, may whrug y bedn glena i'n lis, hag otta va ha'y arrow serth i'n air.

Pàn welas an Serpont an Popet ow pôtya hag ow plynchya gans toth ancresadow, ev a wharthas mar freth ha mar hir, may torras gwythien ino hag ev a verwys stag ena.

Pinocchio a spêdyas dhe fria y honen dhyworth an stauns ancombrys esa ino, hag ev a dhalathas arta ponya may halla va drehedhes chy an Fay kyns nos. Kepar dell esa ev ow ponya, painys y nown a devys mar grev may labmas ev aberth in gwel dhe gùntell nebes grappys, o va temptys gansans. Goev!

Peskytter may whrug ev drehedhes an wedhen grappys—y feu *crack* clôwys adro dh'y arrow.

An Popet truan a veu dalhednys in maglen settys ena gans an Tiak rag cachya nebes codna gwydnas, a wre dos pùb nos rag ladra y yer.

CHAPTRA XXI

*Yth yw Pinocchio kechys gans Tiak hag yma va worth
y ûsya avell ky gwetha rag gardya crow y yer.*

Pinocchio, dell yllowgh why desmygy yn tâ, a dhalathas scrija hag
ola ha pesy; saw nyns o olva ha pejadow a brow vëth, rag nyns
o chy vëth ogas dhe'n tyller ha nyns esa den vëth ow tremena wàr
an fordh.

An nos a godhas.

Yth esa an Popet parys dhe glamdera, in part dre rêson a'n pain
glew in y arrow hag in part dre rêson ev dhe vos y honen oll in
tewolgow an gwel. Saw ena ev a welas prëv golow munys ow neyjya
dresto in udn flyckra. Ev a'n gelwys ha leverel dhodho:

"A Brëv Golow cuv, a vynta jy ow fria?"

"Te was bian truan," an Prëv Golow a worthebys, in udn stoppya
rag meras orto gans tregereth in y lagasow. "Fatla veusta kechys i'n
vaglen-ma?"

"Me a dheuth aberth i'n gwel dygoweth-ma rag kemeres nebes
grappys ha—"

"Yw an grappys dhis?"

"Nag yns."

"Pyw a'th teskys dhe gemeres taclow nag yw dhis?"

"Me o gwag."

"Nyns yw skyla ewn an nown, a vab, rag kemeres taclow nag yw
dha bÿth dha honen."

"Gwir yw hedna, gwir yw!" yn medh Pinocchio der y dhagrow.
"Ny vanaf vy y wil nefra arta."

I'n prës-na an kescows a veu goderrys dre stappys nebonen ow tos.
Yth o perhen an gwel, hag yth esa ev ow tos wàr vleynow y dreys
dhe weles, a wrug ev dre neb chauns, cachya an Codnas Gwydn, esa
ow tebry y yer.

Sowthenys brâs veu, pàn dherevys ev y lantern ha gweles ev dhe
gachya maw in le a Godna Gwydn.

73

"Â, te lader bian!" yn medh an Tiak, serrys y lev. "Te ytho yw hedna usy ow ladra ow ÿdhyn!"

"Nag ov. Nâ, nâ, nag ov!" Pinocchio a grias in udn ola yn wherow. "Me a dheuth obma yn udnyk rag kemeres nebes grappys."

"Pynag oll a wrella ladra grappys, a yll ladra yer mar êsy. Crës dhybm, me a vydn desky lesson dhis, a wrêta perthy cov anodho bys pedn termyn hir."

Ev a egoras an vaglen, sêsya an Popet er band y gôta ha'y dhon bys i'n chy kepar ha pàn ve va on munys.

Pàn dhrehedhas ev an clos dhyrag an chy, ev a'n tôwlas dhe'n dor, gorra troos wàr y godna ha leverel dhodho yn harow:

"Holergh yw lebmyn, ha prës gwely ywa. Avorow ny a vydn restry taclow. I'n men-termyn, abàn verwys ow hy gwetha hedhyw, te a yll kemeres y dyller ha gwardya crow ow ÿdhyn."

Kettel leverys ev hedna, ev a wrug warlergh y eryow. Ev a worras torgh ky adro dhe godna Pinocchio ha'y strotha ma na alla an torgh codha dhywarnodho. Yth o chain hir a horn kelmys dhe'n torgh. Yth o pedn aral an chain kentrys dhe'n fos.

"Mar teu va ha gwil glaw haneth," yn medh an Tiak, "te a yll cùsca i'n kyjy bian ogas dhis ena. Te a gav meur a gala ino rag gwely medhel. Hèn o gwely Melampo dres teyr bledhen ha dâ lowr vëdh ragos jy. Ha mar teu lader vëth, kebmer with dhe hartha."

Wosa gwarnya Pinocchio indella wàr an dyweth, an Tiak a entras in y jy, degea an daras ha'y varrya. Pinocchio truan a remainyas gyllys in gron i'n clos, moy marow ès bew awos an yêynder, an nown ha'n own. Traweythyow ev a wre tedna an torgh esa worth y daga ogasty hag a gria in mes feynt y lev:

"Dendylys yw genef. Eâ, dendylys yw genef. Ny veuma tra vëth ken ès mynchyor ha foesyk. Bythqweth ny wrug vy obeya den vëth saw pùpprès me re wrug warlergh ow bodh ow honen. A pen vy kepar ha lies maw aral ha studhya yn freth ha gonys ha gortos warbarth gans ow thas truan coth, ny wrussen cafos ow honen obma, ow kemeres le ky gwetha an Tiak. Govy na allama dallath anowyth. Saw an pëth yw gwrës yw gwrës, ha res yw dhybm kemeres perthyans."

Warlergh ry an progath cot-na dhodho y honen, Pinocchio a entras i'n kyjy ha codha in cùsk.

CHAPTRA XXII

Yma Pinocchio ow tyskevra an ladron hag
avell reward rag y lelder ev yw fries.

Kyn fo maw pòr drist, bohes venowgh y whra va fyllel dhe gùsca dre rêson a'y drobel. Nyns o excepcyon vëth an Popet dhe'n rêwl-na, hag ev a gùscas yn tâ nebes ourys bys hanter-nos, pàn veu va dyfunys dre whystransow coynt ha der an sonyow a scolkya esa ow tos dhyworth an clos. Ev a worras y frigow in mes a'n kyjy ha gwelles peswar best tanow blewak. Codna gwydnas êns y, bestas bian yw oyow ha yer meurgerys gansans. Onen anodhans a asas y gowetha, mos dhe dharas an kyjy ha leverel, wheg y lev:

"Gordhuwher dâ dhis, Melampo."

"Nyns oma gelwys Melampo," Pinocchio a worthebys.

"Pandr'esta ow qwil obma?"

"Me yw an ky gwetha."

"Saw ple ma Melampo? Ple ma an ky coth esa tregys i'n chy-ma?"

"Ev a veu marow hedhyw myttyn."

"Marow? Best truan. Ev o mar dhâ. Bytegyns, rag jùjya orth dha vejeth jy, me a grës te inwedh dhe vos ky caradow."

"Gav dhybm. Nyns oma ky."

"Pandr'osta ytho?"

"Me yw Popet."

"Esta ow kemeres tyller an ky gwetha?"

"Esof, soweth! Yth esoma ow pos pùnyshys."

"Wèl, ny a vydn gwil genes jy an keth ambos a wrussyn ny gans Melampo tremenys. Sur oma te dhe vos lowen pàn wrelles y glôwes."

"Pëth yw an ambos-na?"

"Hèm yw agan towl ny. Ny a vydn dos dhe'n crow-ma dhia dermyn dhe dermyn, kepar hag i'n dedhyow passys, dhe gemeres in kerdh eth yar. Seyth a'n re-na a vëdh ragon ny, hag onen ragos jy, saw heb mar, res vëdh dhis omwil dha vos in cùsk ha sevel orth hartha rag dyfuna an Tiak."

"A wre Melampo hedna in gwiryoneth?"

76

"Gwre yn certain, ha dre rêson a hedna ny hag ev o cothmans
gwelha. Cùsk yn cosel, ha porth cov, kyns ès dyberth ny a vydn gasa
dhis yar dew dhâ rag dha hawnsel avorow. Esta ow convedhes?"

"Esof, yth esof dha gonvedhes re dhâ," Pinocchio a worthebys.
Hag ev a shakyas y bedn, kepar ha pàn ve va whensys dhe leverel
"Ny a vydn debâtya hebma kyns napell, a gowetha."

Kettel veu an peswar Godna Gwydn sur fatell o taclow restrys, y
êth dystowgh dhe grow an yer, esa ryb an kyjy. Y a lavuryas yn freth
gans dens ha gans ewynas erna wrussons y egery an daras bian ha
slynkya ajy. Saw scant ny vowns y entrys, pàn glowsons an daras ow
tegea gans son lybm. An prat-na o gwrës gans Pinocchio, ha ny veu
va contentys naneyl erna wrug ev draggya men poos dhyrag an daras
kefrës. Pàn o hedna gwrës ganso, ev a dhalathas hartha, kepar ha pan
o va ky gwetha in gwir: *Bow-wow, wow! Bow, wow!*"

An Tiak a glôwas an hartha crev ha lebmel in mes a'y wely. Ev a
gemeras godn, fystena dhe'n fenester ha gelwel: "Pandr'yw an
mater?"

"Yma an ladron obma," Pinocchio a worthebys.

"Ple mowns y?"

"In crow an yer."

"Me a vydn skydnya heb let."

Hag in gwir ev a veu i'n clos dystowgh hag ev ow ponya tro ha'n
crow.

Ev a egoras an daras hag a dednas in mes an Codna Gwydnas an eyl wosa y gela, ha wosa aga gorra in sagh ha'y gelmy, ev a leverys dhedhans: "Yth esowgh why in dadn ow danjer wàr an dyweth ha me a alsa agas pùnyshya lebmyn. Saw me a vydn gortos. Myttyn avorow why a wra dos genef bys i'n tavern hag ena why a wra kydnyow brav rag nebonen gwag. In gwir re vrâs dhywgh yw an onour-na, onour na wrussowgh why dendyl. Saw dell welowgh why, me yw den hegar ha hel ha me a vydn dysqwedhes an favour-ma dhywgh."

Ena ev êth dhe Pinocchio ha dallath y jersya.

"Fatla wrusta aga dyscudha mar uskys? Ass yw coynt na wrug Melampo lel aga gweles in oll an bledhydnyow passys."

An Popet a alsa leverel dhodho fatla wharva hedna, rag ev a wodhya pùptra ow tùchya an ambos methek inter an ky ha'n Codna Gwydnas, saw ev a brederys a'n ky marow hag a leverys dhodho y honen:

"Marow yw Melampo. Fatla wrussa hedna servya mar teffen ha'y acûsya? Gyllys yw an re marow ha ny yllons omwetha aga honen. An gùssul welha yw aga gasa in cres."

"Eses jy ow cùsca pàn dheuthons y, pò esta dyfunys?" an Tiak a bêsyas.

"Yth esen ow cùsca," Pinocchio a worthebys, "saw y a wrug ow dyfuna der aga clap. Onen anodhans a dheuth bys in daras an kyjy y honen hag a leverys dhybm: 'Mar teuta ha promyssya sevel orth hartha, ny a vydn ry onen a'n yer dhis rag dha hawnsel.' A wrusta clôwes dhedna? Y o mar vold dhe'm temptya indella. Res yw dhis godhvos, kynth oma drog-Popet fest ha lies in nùmber yw ow fowtys, bytegyns ny veuma brîbys bythqweth, ha ny vedhama brîbys nefra."

"Maw dâ osta!" an Tiak a grias hag ev a'n frappyas wàr an scoodh in maner guv. "Te a dalvia bos prowt ahanas dha honen. Ha dhe dhysqwedhes dhis pëth yw ow breus ahanas, te yw frank alebma rag."

Hag ev a slyppyas an torgh dhywar godna Pinocchio.

CHAPTRA XXIII

Pàn glêwo Pinocchio Mowes Teg,
Blou hy Gols, dhe vos marow, yma va owth ola.
Yma va ow metya Colom, usy worth y dhon
bys in morrep. Yma Pinocchio ow tôwlel
y honen i'n mor rag selwel y das.

Kettel veu poster methek torgh an ky derevys dhywar y godna, Pinocchio a dhalathas ponya dres an gwelyow ha dres an prasow, ha bythqweth ny wrug ev hedhy erna dheuth ev dhe'n fordh vrâs a wrella y dhon bys in chy an Fay.

Pàn dhrehedhas ev an fordh, ev a veras pell aberth i'n valy in dadno, hag ena ev a welas an coos may whrug ev metya dre dhrok-hap gans an Lowarn ha gans an Gath; hag ev a welas inwedh an dherowen uhel, a veu va cregys dhywarnedhy. Saw kyn whrug ev sarchya in pùb le ogas ha pell, ny welas ev in tyller vëth an chy mayth o tregys an Fay, Blou hy Gols.

Ev a gemeras own brâs hag in udn bonya scaffa gylly ev a dheuth wàr an dyweth bys i'n plâss mayth esa an chy ow sevel kyns. Gyllys o an chy bian, hag in y le yth esa legh vian a varbel, ha'n scrif trist-ma warnedhy:

YMA OW CROWEDHA OBMA
FAY DEG BLOU HY GOLS
NEB A VERWYS AWOS GRÊF
PÀN VEU HY FORSÂKYS
GANS HY BRODER BIAN PINOCCHIO

79

Colon an Popet truan a veu trogh pàn redyas ev an geryow-na. Ev a godhas dhe'n dor hag a gudhas an marbel yêyn gans abmow ha dallath ola yn wherow. Ev a olas dres nos, ha pàn dorras an jëdh yth esa ev whath ena, saw desehys o y dhagrow hag yth esa olva sëgh yn udnyk ow crena y gorf a bredn. Saw y olva ow mar heglew, may halla hy bos clôwys i'n menydhyow abell.

Pàn esa ev owth ola ev a levery dhodho y honen:

"Ogh, a Fay guv, ow Fay wheg, prag y whrusta merwel? Prag na wrug avy merwel ow honen i'th le jy, abàn oma mar dhrog, ha te yw mar dhâ. Ha'm tas—ple hyll ev bos? A Fay garadow, lavar dhybm ple ma va ha nefra, nefra ny vanaf vy y forsâkya arta. Nyns osta marow in gwir, osta? Mars oma kerys genes, te a vydn dewheles yn few kepar ha kyns. A ny'th eus pyteth ahanas? Me yw dygoweth yn tien. Mar teu an dhew Ladhor Cudh obma, y a wra ow cregy arta unweyth dhywar an dherowen vrâs, ha me a wra merwel in gwir an treveth-ma. Pandr'allama gwil i'n bës ow honen oll? Lebmyn, pàn osta marow ha'm tas kellys, ple whrama debry? Ple whrama cùsca? Pyw a vydn gwil dyllas nowyth dhybm? Ogh, me a garsa merwel. Eâ, me a garsa merwel. Ogh, ogh, ogh!"

Pinocchio truan! Ev a assayas dhe sqwardya y vlew, saw dre rêson nag o ma's paintys wàr bredn, ny ylly ev y dedna kyn fe.

I'n tor'-na Colom vrâs a neyjyas pell avàn. Pàn welas hy an Popet, hy a grias dhodho:

"A vaw bian, lavar dhybm, pandr'esta ow qwil ena?"

"A ny welta hedna? Yth esoma owth ola," Pinocchio a grias hag ev dherevys y bedn tro ha'n lev ha rùttya y lagasow gans y vrehel.

"Lavar dhybm," an Golom a wovydnas, "yw Popet henwys Pinocchio aswonys dhis?"

"Pinocchio? A wrusta leverel Pinocchio?" an Popet a worthebys, ow lebmel wàr y dreys. "Dar, me yw Pinocchio."

Pàn glôwas hy an gorthyp-na, an Golom a nejyas yn uskys dhe'n dor. Hy o fest brâssa ès yar Gyny.

"Ena Geppetto yw aswonys dhis inwedh, ywa?"

"Aswonys dhybm? Ev yw ow thas vy, ow thas truan coth. A wrug ev martesen côwsel orthys adro dhybm? A wrêta ow don bys dhodho? Usy ev whath ow pêwa? Gwra ow gortheby, dell y'm kyrry. Usy ev whath ow pewa?"

"Me a'n gasas nans yw try dëdh ryb an mor brâs."

"Pandr'esa ev ow qwil?"

"Yth esa ev ow pyldya scath vian rag mos dres an keynvor inhy. Nans yw peswar mis yma an den truan-na ow qwandra adro dhe Ewrop worth dha whelas. Abàn na wrug ev dha drouvya whath, porposys yw ganso dha whelas i'n Bës Nowyth, pell dres an keynvor."

"Pes mildir eus alebma bys i'n âls?" Pinocchio a wovydnas, meur y fienasow.

"Moy ès hanter-cans mildir."

"Hanter-cans mildir? Ogh! A Golom guv, govy nag yw eskelly dhybm kepar ha te."

"Mars osta whensys dhe dhos genef, me a vydn dha dhry dy."

"In pana vaner?"

"Genes jy ow marhogeth wàr ow heyn. Osta fest poos?"

"Poos? Nag oma poynt. Nyns oma ma's pluven."

"Dâ lowr dhana."

Heb leverel ken ger vëth Pinocchio a labmas wàr geyn an Golom, ha pàn wrug ev gwil y honen attês, ev a grias in mes yn jolyf: "Gwra ponya in rag yn uskys, a stêda teg. Me a garsa fystena."

An Golom a neyjyas i'n air, ha wosa nebes mynys hy a dhrehedhas an cloudys. An Popet a veras dhe'n dor may halla va gweles pandr'esa in dadnans. Ev a veu pednscav hag a gemeras kebmys own, may whrug ev dalhedna codna an Golom yn whyls rag gwetha y honen rag codha.

Y a neyjyas oll an jorna. Tro ha'n gordhuwher an Golom a leverys: "Ass yw brâs ow sehes!"

"Ha me yw pòr wag," yn medh Pinocchio.

"Gesowgh ny dhe bowes nebes mynys i'n crow kelemy-na awoles. Warlergh hedna ny a yll mos in rag ha drehedhes an mor myttyn avorow."

Y a entras i'n crow gwag saw ny gafsons tra vëth ino ma's scala dowr ha canstel vian lenwys a wygbës.

Cas o gwygbës gans an Popet bythqweth. Ev a leverys y dh'y wil clâv; saw an nos-na ev a's debras gans mal. Pàn vowns y gorfednys ganso, ev a drailyas dhe'n Golom ha leverel:

"Ny vynsen bythqweth cresy y halsa gwygbës bos mar dhâ."

"Res yw dhis perthy cov, a vaw," an Golom a worthebys, "an nown dhe vos an sows gwelha."

Warlergh powes nebes mynys moy, y a dhalathas arta. Ternos vyttyn y a dhrehedhas âls an mor.

Pinocchio a labmas dhywar geyn an Golom, ha'n Golom, dre rêson na garsa hy recêva grassow rag dêda caradow, a neyjyas in kerdh yn uskys ha mos mes a wel.

Yth o an treth leun a bobel esa owth uja hag ow sqwardya aga blew hag y ow meras tro ha'n mor.

"Pandr'yw wharvedhys?" Pinocchio a wovydnas orth benyn vian goth.

"Tas truan coth a gollas y un vab termyn alebma ha hedhyw ev a vyldyas scath vunys dhodho y honen may halla va mos dh'y whelas dres an mor. Yth yw an dowr fest gwyls hag yma own dhyn ev dhe vos budhys."

"Ple ma an scath vian?"

"Dres ena. Dhyragos poran," an venyn vian goth a worthebys, in udn dhysqwedhes skeus bian, nag o brâssa vÿth ès plysken knofen, ow neyjya wàr enep an mor.

Pinocchio a drailyas y lagasow dhe'n tyller-na ha meras pols. Ena ev a grias yn sherp:

"Ow thasyk ywa! Ow thasyk ywa!"

I'n men-termyn an scath vian, tossys adro gans an dowr serrys, a wre omdhysqwedhes ha mos mes a wel in mesk an todnow. Ha Pinocchio, ow sevel wàr garrek uhel, ny veu sqwith a'y elwel, ev a wre swaysya y dhorn ha'y gappa dhodho, ha traweythyow y frigow kyn fe.

Yth hevelly fatell wrug Geppetto aswon y vab, kynth o va pell dhyworth an âls, rag ev a dhyskys y gappa ha'y swaysya inwedh. Ev a hevelly bos owth assaya leverel fatell wrussa ev dewheles, mar calla, saw mar wyls o an mor, na ylly ev gwil tra vëth gans y rêvow.

Ena adhesempys y teuth todn uthyk ha'n scath êth mes a wel.

Y a wortas hag a wortas, saw gyllys o hy.

"An den truan!" yn medh an bùscadoryon wàr an âls, in udn whystra pejadow dhe Dhuw hag y ow trailya rag mos tre.

I'n tor'-na cry a dhyspêr a veu clôwys. An bùscadoryon a drailyas hag a welas Pinocchio ow lebmel aberth i'n mor. Y a'n clôwas ow cria:

"Me a vydn y selwel! Me a vydn selwel ow thas!"

Drefen ev dhe vos gwrës a bredn, an Popet a neyjyas wàr an dowr yn êsy hag ev o kepar ha pysk i'n dowr garow. Traweythyow ev a wre mos mes a wel hag ena omdhysqwedhes arta. Heb let yth o va pell dhyworth an treth. Wàr an dyweth ev o gyllys in mes a wel yn tien.

"An maw truan!" an bùscadoryon a grias wàr an âls, hag y a leverys pejadow in dadn aga anal hag y ow tewheles tre.

CHAPTRA XXIV

Yma Pinocchio ow trehedhes Enys an Gwenyn Dywysyk
hag ow tascafos an Fay.

Pinocchio, kentrydnys der an govenek a gafos y das hag a vos avarr
lowr rag y selwel, a wrug neyjya oll an nos.

Hag ass o uthyk an nos-na! Y feu glaw poos ha keser, y feu clôwys
taran uhel, ha mar spladn o an luhes may feu dëdh gwrës a'n nos.

Orth terry an jëdh, Pinocchio a welas ogas lowr dhodho, treth hir.
Yth o hedna enys in cres an mor.

Pinocchio a wrug oll y ehen rag y dhrehedhes, saw ny wrug ev
soweny. Yth esa an todnow ow qwary ganso hag orth y dossya adro
kepar ha pàn o va gwelen predn pò cala. Wàr an dyweth, i'n gwelha
prës, todn gowrek a'n towlas bys in very tyller a garsa ev bos. Mar
grev o strocas an todnow, may whrug y jùntys crackya ha namna
wrussons terry pàn godhas ev dhe'n dor. Saw ev a labmas wàr y dreys
hag a grias rag contentya y honen:

"Unweyth arta me re scappyas yn few!"

Tabm ha tabm an ebron a wrug glanhe. An howl a dhysqwedhas
ha'n mor a veu mar gosel avell lydn.

An Popet a dhyskys y dhyllas ha'ga settya wàr an tewas may hallens
desehea. Ev a veras dres an dowr may halla va in neb tyller gweles
scath ha den bian inhy. Ev a sarchyas hag a sarchyas, saw ny welas ev
tra vëth ma's an mor ha'n ebron, ha nebes golyow, hag y o mar vian,
y hyllens bos ÿdhyn.

"Govy na worama hanow an enys-ma!" ev a leverys dhodho y
honen. "Po mar teffen unweyth ha godhvos pana sort pobel yw
tregys obma. Saw pyw a allama govyn orto? Nyns eus den vëth
obma."

Pàn brederys Pinocchio a'y vos in tyller mar dhygoweth, ev a veu
pòr drist, hag yth esa ev ow mos dhe ola, saw i'n tor' na ev a welas
Pysk brâs ow neyjya ogas dhodho, hag yth o y bedn herdhys in mes
a'n dowr.

Aban na wodhia fatla godhvia dhodho y henwel, an Popet a leverys dhodho: "Hô, a Vêster Pysk, a allama côwsel udn ger genes?"

"Dew er kyn fe, mar mynta," an pysk a worthebys, rag ev o morhogh fest cortes.

"A alses leverel dhybm, mar plêk, eus tyleryow wàr an enys-ma may hyll nebonen debry heb bos debrys y honen?"

"Eus yn sur," an Morhogh a worthebys. "In gwir te a gav onen anodhans ogas dhyn obma."

"Ha fatl'allama mos dy?"

"Kebmer an trûlergh-na aglêdh ha kê strait in rag. Ny ylta mos wàr stray."

"Lavar dhybm neb tra aral. Yth esta ow mos der an mor dëdh ha nos, a wrusta martesen metya gans scath vian esa ow thas inhy?"

"Ha pyw yw dha das jy?"

"Ev yw an tas gwelha in oll an norvës, kepar dell oma an mab lacka a yll bos kefys."

"In hager-awel an nos newher," an Morhogh a worthebys, "res yw fatell veu an scath vian-na budhys."

"Ha'm tas?"

"Warbydn lebmyn, res yw ev dhe vos lenkys gans an Morgy Uthyk, usy ow try euth dhe'n dowrow-ma nans yw nebes dedhyow."

"Ywa brâs, an Morgy-ma?" yn medh Pinocchio hag ev ow tallath crena.

"Ywa brâs?" an Morhogh a worthebys, "Rag ry dhis neb tybyans a'y vyns, gas vy dhe leverel dhis ev dhe vos brâssa ès drehevyans pymp leur, ha'y anow dhe vos mar vrâs ha mar dhown may halla train ha'y jyn mos ino yn tien heb caletter vëth."

"Re Dhuw a'm ros," an Popet a grias, hag ev ogas marow der own. Ev a worras y dhyllas adro dhodho scaffa gylly, hag ena ev a drailyas dhe'n Morhogh ha leverel:

"Farwèl, a Vêster Pysk. Gav dhybm an trobel, ha gromercy dhis a'n caradêwder."

Pàn leverys ev hedna, ev a gemeras an trûlergh mar scav, mayth hevelly ev dhe vos ow neyjya der an air. Pàn glôwa ev son vëth, ev a wre trailya dhe weles esa worth y sewya an Morgy Uthyk, pymp leur in uhelder hag gans train in y anow.

Wosa kerdhes hanter-our, Pinocchio a dheuth bys in pow bian henwys Pow an Gwenyn Dywysyk. Yth o an strêtys leun a bobel ow ponya pùb qwartron in udn gollenwel aga ober. Yth esa pùbonen ow lavurya. Mar teffa nebonen ha sarchya gans lantern, ny alsa bos kefys udn den diek pò beggyer vëth.

"Me a wel," yn medh Pinocchio sqwith dystowgh, "nag usy an tyller-ma worth ow flêsya, rag ny veuma genys rag lavurya."

I'n men-termyn ev a dhalathas omglôwes gwag, rag ny wrug ev debry nans o peswar our warn ugans.

Pandra dalvia dhodho gwil?

Nyns esa ma's dyw fordh gesys dhodho rag cafos neppÿth dhe dhebry. Ev a godhvia lavurya pò beggya.

Ev a wrussa kemeres meth dhe veggya, rag y das a levery dhodho pùpprës na godhvia ma's dhe'n re coth pò dhe'n re clâv beggya. Ev a levery nag o bohosak in gwir i'n bës-ma, ma's an bobel-na yn udnyk a gollas an gallos dhe dhendyl aga bara dre rêson a gleves pò a henys. Res o dhyn ny dysqwedhes tregereth dhodhans. Oll an re erel a dalvia lavurya, ha mar ny wrellens ober vëth, ha sùffra nown, dendylys o va gansans.

I'n tor'-na den a bassyas, ev sqwith ha glëb gans whes, in udn dedna gans caletter dew gert lenwys a low.

Pinocchio a veras orto, hag ow jùjya der y vejeth ev dhe vos den caradow, ev a leverys dhodho, ha'y lagasow ow meras wàr an dor gans meth:

"A wrêta ry dhybm deneren er dha jentylys, rag me yw feynt dre nown?"

"Na wrama," Den an Glow a worthebys. "Me a vydn ry peder deneren dhis, mar qwrêta ow gweres ow tedna an dhew gert-ma."

"Sowthenys oma," an Popet a worthebys, hag ev offendys brâs. "Me a garsa derivas dhis na veuma bythqweth asen, ha na wrug avy bythqweth tedna kert naneyl."

"Ass osta fortydnys," Den an Glow a worthebys. "Ytho, a vaw, mars osta feynt gans nown in gwir, te a yll debry dyw skethen a'n gooth; hag yma govenek dhybm na wrêns y ry drog-goans dhis."

Nebes mynys wosa hedna y teuth Gweythor Chy dres Pinocchio ha'g yth esa bùcket lenwys a blaster wàr y scoodh.

"A dhen dâ, a vynta jy bos caradow dhybm ha ry deneren dhe vaw bohosak usy ow tiena rag ewn nown?"

"Yn lowen," an Gweythor Chy a worthebys. "Deus genama ha dog nebes plaster, hag in le a udn dheneren me a re dhis pymp."

"Saw poos yw an plaster," Pinocchio a worthebys, "ha re gales yw an ober dhybm."

"Mars yw an ober re gales dhis, a vaw, gwra enjoya dha dhiena ha re wrello ev dry fortyn dâ dhis."

Kyns ès pedn le ès hanter-our, ugans den a bassyas dres Pinocchio hag ev a besys dhywortans y oll, saw y oll a worthebys:

"A nyns osta methek? In le a vos beggyar i'n strêtys, prag na wrêta whelas ober ha dendyl dha vara dha honen?"

Wàr an dyweth benyn vian êth dresto ha hy ow ton dew bycher dowr.

"A venyn vas, a vynta jy gasa dhybm eva dhyworth onen a'th pychers?" Pinocchio a wovydnas, rag ev o leskys gans sehes.

"Yn lowen, a vaw," hy a worthebys, hag a settyas an dhew bycher wàr an dor dhyragtho.

Pàn o lowr evys gans Pinocchio, ev a wrug croffolas hag ev ow teseha y anow:

"Gyllys yw ow sehes. Govy na allama contentya ow nown mar êsy."

Pàn wrug an venyn vian dhâ clôwes an geryow-na, hy a leverys dystowgh:

"Mar teuta ha'm gweres ow try an pychers-ma tre, me a vydn ry darn bara dhis."

Pinocchio a veras orth an pycher, saw ny leverys ev naneyl eâ na nâ.

"Ha gans an bara, me a vydn ry dhis plât dâ cawlvlejen ha sows gwydn warnedhy."

Pinocchio a veras orth an pycher treveth aral heb leverel eâ pò nâ.

"Ha warlergh an gawlvlejen, câkys ha jàm."

Pàn glôwas Pinocchio an brîb dewetha-na, ny ylly ev omwetha na felha hag ev a leverys yn fyrm:

"Dâ lowr dhana. Me a vydn dry an pycher tre ragos."

Poos o an pycher ha'n Popet, drefen nag o va crev lowr rag y dhon in y dhêwla, a'n settyas wàr y bedn.

Pàn wrussons drehedhes tre, an venyn vian a wrug dhe Pinocchio esedha orth bord bian ha settya dhyragtho an bara, an gawlvlejen ha'n gâken. Debry ny wrug Pinocchio; devorya a wrug ev. Y bengasen a hevelly bos pyt dywoles.

Pàn o contentys y nown wàr an dyweth, ev a dherevys y bedn rag grassa dhe'n vasoberores hegar-ma. Saw ny wrug ev meras orty re bell, erna ros ev cry bian a sowthan hag esedha ena, ledan-egerys y dhewlagas, y forgh i'n air ha'y anow leun a vara hag a gawlvlejen.

"Prag yth osta sowthenys?" an venyn dhâ a wovydnas in udn wherthyn.

"Drefen—" Pinocchio a worthebys, in udn stlevy hag in udn hockya gans y eryow, "drefen—te dhe vos haval—yth esta ow qwil dhybm perthy cov a—eâ, eâ, eâ, yma dhis an keth gols blou o dhedhy——Ogh, ow Fay vian guv, ow Fay vian guv. Lavar dhybm

te dhe vos hobma. Na wra dhybm ola na felha. Trueth yw na
wodhesta pygebmys a wrug vy ola. Me re sùffras kebmys."

Ha Pinocchio a dowlas y honen wàr an leur ha dalhedna dêwlin
an venyn vian gevrînek.

CHAPTRA XXV

Yma Pinocchio ow promyssya dhe'n Fay
ev dhe vos dâ ha dhe studhya,
rag yma va ow tevy sqwith a vos Popet
hag ev a garsa bos gwir-vaw.

Kyns oll nyns o an venyn vian whensys dhe avowa hy bos an Fay vian, Blou hy Gols. Saw wàr an dyweth, pàn o hy dyskevrys, ny garsa hy hirhe an gwil wis.

"Te dhrog-was a Bopet! Fatla wrusta godhvos me dhe vos an venyn?" hy a wovydnas in udn wherthyn.

"Dha gerensa ragof a leverys dhybm pyw es."

"Esta ow perthy cov? Pàn wrusta ow forsâkya, nyns en vy ma's mowes vian, saw lebmyn te a'm cav benyn leun-devys. Me yw mar goth ogasty dhe vos dha vabm."

"Me yw lowen a hedna, rag lebmyn me a yll dha elwel mabm in le a whor. Yth esof vy ow tesîrya nans yw termyn hir mabm dhe vos dhybm, kepar ha mebyon erel. Saw fatla wrusta tevy mar uskys?'

"Sêcret yw hedna."

"Lavar e dhybm. Me inwedh a garsa tevy nebes. Mir orthyf. Bythqweth ny wrug vy tevy brâssa ès valew deneren a geus."

"Saw ny ylta jy tevy," an Fay a worthebys.

"Prag nâ?"

"Dre rêson nag usy an Popettys ow tevy nefra. Yth yns y genys avell Popettys, ymowns y ow pêwa avell Popettys, ha Popettys yns pàn wrellens merwel."

"Ogh, ass oma sqwith a vos Popet pùpprës," Pinocchio a grias fest dyflesys. "Yth yw an termyn ewn ragof dhe devy ha bos den kepar ha pùb maw aral."

"Ha te a wra tevy indella, mar teuta ha'y dhendyl—"

"In gwir? Pandr'allama gwil rag y dhendyl?"

"Mater pòr sempel ywa. Whela dhe omdhon dhe honen kepar ha flogh teg y vanerow."

"A ny gresyth me dhe wil indella?"

"Na gresaf. Mebyon dhâ yw gostyth, saw te, i'n contrary part—"

"Ha nyns esoma nefra owth obeya,"

"Mebyon dhâ a gar studhya ha lavurya, saw te—"

"Me, i'n contrary part, me yw gwas syger ha gwyll dres oll an vledhen."

"Mebyon dhâ a lever an gwiryoneth pùpprës."

"Hag yth esoma ow leverel gow pùpprës."

"Yma mebyon dhâ ow mos dhe'n scol yn lowen."

"Saw me yw clâv pàn wryllyf mos dhe'n scol. Alebma rag taclow a vëdh dyffrans."

"Esta ow promyssya?"

"Esof. Me a garsa bos maw dâ ha confortya ow thas. Ple ma ow thas truan i'n tor'-ma?"

"Ny worama."

"A vedhama nefra mar fortydnys dh'y drouvya ha'y vyrla unweyth arta?"

"Me a grës y fedhys. In gwir sur oma anodho."

Pàn glôwas Pinocchio an gorthyp-na ev a veu pòr lowen. Ev a dhalhednas dêwla an Fay hag abma dhedhans mar grev, mayth hevelly ev dhe vos in mes a'y rêwl. Ena ev a dherevys y fâss ha meras yn caradow orty ha govyn:

"Lavar dhybm, a Vabmyk, nyns yw gwir te dhe vos marow, ywa?"

"Yth hevel nag oma," a worthebys an Fay in udn vinwherthyn.

"Govy na wodhesta pygebmys a wrug vy sùffra ha fatell wrug vy ola, pàn redys vy 'Yma ow crowedha obma—"

"Me a wor hedna, hag ytho me re avas dhis. Downder dha dristans a wrug dhybm gweles fatell eus colon garadow inos. Yma govenek pùpprës rag mebyon a's teves colon kepar ha'th colon jy, kyn fowns y yn fenowgh ow tebel-fara. Hèn yw an skyla me dhe dhos mar bell rag dha whelas. Alebma rag me a vëdh dha vabmyk dha honen."

"Assa vëdh hedna rial dra!" Pinocchio a grias hag ev ow terlebmel rag ewn lowena.

"Te a wra obeya dhybm pùpprës ha gwil oll ow bodh?"

"Yn lowen, yn lowen, ha moy ès yn lowen."

"Ow tallath avorow," yn medh an Fay, "te â dhe'n scol kenyver jorna."

Fâss Pinocchio a godhas nebes.

"Ena te a wra dêwys an greft a vo moyha worth dha blêsya."

Pinocchio a veu moy sad.

"Pandr'esta ow stlevy dhis dha honen?" an Fay a wovydnas.

"Nyns esen ma's ow leverel," an Popet a groffolas in udn whystra, "fatell hevel y vos re holergh ragof dhe vos dhe'n scol lebmyn."

"Nag yw in gwir. Porth cov na vëdh nefra re holergh dhe dhesky."

"Saw ny vanaf vy cafos naneyl creft na galow."

"Prag nâ?"

"Dre rêson an lavur dhe'm gwil sqwith."

"Ow mab cuv," yn medh an Fay, "an re-na usy ow côwsel indella, dre vrâs ymowns y ow tewedha aga bêwnans in pryson pò in clâvjy. Porth cov, fatell godhvia dhe dhen, be va rych pò be va bohosak, gwil neb tra i'n bës-ma. Ny yll den vëth cafos lowena heb lavurya. Goev an gwas syger. Sygerneth yw drog-cleves, ha res yw y yaghhe heb let; eâ, dhyworth dedhyow avarr an yowynkneth. Mar ny wrer indella, an cleves wàr an dyweth a wra dha ladha."

An geryow-na a dùchyas colon Pinocchio. Ev a dherevys y lagasow dh'y Fay ha leverel yn sad"

"Me a vydn lavurya. Me a vydn desky. Me a vydn pùptra a wrelles erhy dhybm. Wosa pùptra, me yw gyllys pòr sqwith a'm bêwnans avell Popet, ha me a garsa bos gwrës maw, na fors pana gales vëdh. Yth esta ow promyssya hedna dhybm, a nyns esta?"

"Esof. Ha lebmyn yma an dra ow powes genes jy."

CHAPTRA XXVI

Yma Pinocchio ow mos dhe'n treth gans y gothmans
rag gweles an Morgy Uthyk.

Myttyn avarr Pinocchio a dhalathas wàr y fordh dhe'n scol. Why a yll desmygy pëth a leverys an vebyon erel pàn welsons Popet owth entra i'n rom desky. Y a wharthas ernag esens owth ola. Kenyver onen a wrug prat dhodho. Onen anodhans a dednas cappa Pinocchio dhywar y bedn, y gela a dhalhedna y gôta, ha'n tressa maw a whelas paintya minvlew in dadn y frigow. Onen anodhas a assayas dhe gelmy kerdyn dh'y dreys ha dh'y dhêwla kyn fe rag gwil dhodho dauncya.

Dres termyn yth o Pinocchio cosel ha clor. Wàr an dyweth bytegyns y berthyans a fyllys hag ev a drailyas dh'y dormentours ha leverel orth aga braggya:

"Kemerowgh with, a vebyon. Ny wrug avy dos obma may hallowgh gwil ges ahanaf. Me a vydn gwil revrons dhywgh hag yma govenek dhybm why dhe wil revrons dhybmo vy."

"Hùrâ rag Mêster Godhvos Pùptra! Te re gowsas kepar ha lyver pryntys," an vebyon a grias, hag y a godhas in wharth. Onen anodhen, moy taunt ès an remnant, a istynas in mes y dhorn rag tedna frigow an Popet.

Saw ny veu va uskys lowr, rag Pinocchio a dhros in mes y arr in dadn an bord ha'y bôtya fest crev wàr el y esker.

"Ogh, ass yw cales y dreys!" an maw a grias in udn rùttya an tyller may feu va pôtys gans an Popet.

"Hag ass yw lybm y elydnow. Calessa yns ès y dreys kyn fe," ken maw a grias, neb a recêvas strocas i'n dorr awos neb prat aral.

Gans an pôt-na ha gans an strocas-na Pinocchio a wainyas favour kenyver onen. Yth esa pùbonen orth y braisya, hag orth y servya, hag orth y jersya.

Kepar dell esa an dedhyow ha'n seythednow ow tremena, an dyscador y honen a wre y wormel, rag ev a wely y vos cortes, dywysyk ha leun-dyfunys pùpprës. Pinocchio a vedha an kensa maw dhe entra i'n scol ha'n maw dewetha dhe dhyberth pàn o gorfednys an dyscans.

Nyns o ma's udn fowt dhe Pinocchio. Ev a'n jeva re a gothmans hag i'ga mesk y yth esa lies sherewa aswonys dâ, na settya gwel gala a dhesky nag a sowena.

An dyscador a wre y warnya pùb dëdh, ha'n Fay dhâ hy honen a levery dhodho yn fenowgh;

"Kebmer with, a Pinocchio. An tebel-cowetha-na yn scon pò moy adhewedhes a wra dhis kelly dha gerensa rag lien. Y a wra dha lêdya wàr stray neb termyn."

"Nyns eus peryl vëth a hedna," an Popet a wre gortheby, ow terevel y dhywscoth, hag ow tysqwedhes y dâl, kepar dell vydna leverel, "Me yw re fur."

Saw y wharva udn jëdh, pàn esa ev ow kerdhes bys i'n scol, ev dhe vetya gans nebes mebyon neb a bonyas bys dhodho ha leverel:

"A wrusta clôwes an nowodhow?"

"Na wrug."

"Y feu gwelys ogas dhe'n treth Morgy mar vrâs avell meneth."

"In gwir. Hèn yw an keth Morgy martesen, a glôwys vy anodho pàn veu budhys ow thas."

"Yth eson ny ow mos dh'y weles. Esta ow tos genen?"

"Nag esof, nyns esof ow tos genowgh. Me a dal mos dhe'n scol."

"Prag yth yw hern dhis an scol? Te a yll mos dy avorow. Na fors mar kefyn ny udn lesson dhe voy pò dhe le, ny yw an keth asenas."

"Ha pandra vydn leverel an dyscador?"

"Gwrêns ev clappya. Yth ywa pës dhe groffolas dres oll an jëdh."

"Ha'm mabm?"

"Ny wor an mabmow tra vëth," an dhrogwesyon-na a worthebys.

"A wodhowgh why an pëth a wrama?" yn medh Pinocchio. "Rag nebes rêsons personek, me inwedh a garsa gweles an Morgy-na. Saw me a vydn mos dy warlergh an scol. Me a yllvyth y weles ena mar dhâ avell lebmyn."

"Idyot truan," onen a'n vebyon a grias. "Esta ow cresy y whra pysk a'n myns-na dha wortos ena? Ev a wra trailya ha dyberth ha ny wodhvyth nagonen tra vëth moy."

"Pes termyn a vedhyn ny ow mos alebma bys i'n mor?" an Popet a wovydnas.

"Udn our rag mos dy ha dewheles obma."

"Dâ lowr dhana. Gesowgh ny dhe weles pyw ahanan a vydn drehedhes an treth kensa," Pinocchio a grias.

Pàn glôwsons hedna, an bùsh bian a vebyon, y lyver in dadn gasel pùbonen, a bonyas dres an gwelyow. Yth esa Pinocchio worth aga lêdya, hag ev ow ponya kepar ha pàn ve eskelly in dadno, ha'n remnant orth y sewya scaffa gyllens.

Dhia dermyn dhe dermyn Pinocchio a drailyas wàr dhelergh rag gwil ges a'y gothmans esa pell dhyworto; ha pàn wely ev y dhe vos dianal, ow tiena, cudhys gans polter ha'ga thavosow cregys in mes, ev a wre wherthyn yn colodnek. An anfusyk bian, i'n tor'-na ny wodhya pana scruth ha pana veschauns esa worth y wortos!

CHAPTRA XXVII

Batel vrâs inter Pinocchio ha'y gowetha.
Onen anodhans yw pystygys.
Pinocchio yw sensys gans an Creslu.

Pinocchio, in udn bonya avell an gwyns, a dhrehedhas an treth yn scon. Ev a veras oll adro dhodho y honen, saw ny welas ev tôkyn vëth a Morgy. Yth o an mor mar smoth avell gweder.

"Hô, a vebyon!" a grias ev dh'y gowetha in udn trailya dhedhans, "Ple ma an Morgy?"

"Ev yw gyllys martesen dhe dhebry hawnsel," yn medh onen anodhans in udn wherthyn.

"Pò martesen gyllys yw dhe gùsca nebes," yn medh maw aral in udn wherthyn inwedh.

Dhyworth an gorthebow ha dhyworth an wharth a's sewyas, Pinocchio a gonvedhas fatell wrug an vebyon gwil prat dhodho.

"Pandra wren ny lebmyn?" ev a leverys dhedhans serrys brâs. "Pandr'yw an ges?"

"Yth eson ny ow qwil ges ahanas jy," y dormentours a grias, hag y ow wherthyn creffa ès bythqweth, hag ow tauncya yn jolyf adro dhe'n Popet.

"Ha pandr'yw wharthus?"

"Ny dhe wil dhis remainya avês dhe'n scol hedhyw rag dos genen. A nyns osta methek a vos sans bian, hag a studhya mar gales? Ny wrêta nefra dydhana dha honen."

"Ha fatell yw bern dhywgh why, mar pedhama ow studhya?"

"Yth yw bern dhyn yn sur rag yth eson ny owth hevelly tebel-vebyon dhe'n dyscador."

"Praga?"

"Nyns on ny whensys dhe dhesky. Hag ytho an scolers a garsa desky, ymowns y ow qwil dhe'n vebyon kepar ha ny bos dysprêsys gans an dyscador. Ha ny blêk hedna dhyn, rag ny a'gan beus agan gooth kefrës."

"Pandra dal dhybm gwil ragowgh?"

"Te a dal casa an scol ha lyvrow ha dyscadoryon, poran kepar ha ny. Y oll yw dha eskerens lacka, a wodhesta, rag y a gar dha wil mar drist dell yllons."

"Ha mar teuma ha pêsya ow studhya, pandra vydnowgh why gwil dhybm?"

"Te a wra tylly ragtho."

"In gwir, yth esowgh why worth ow dydhana," an Popet a worthebys, in udn bendroppya.

"Hô, Pinocchio," an maw uhelha anodhans a grias, "hèn yw lowr. Ny yw sqwith a woslowes orthys ow praisya dha honen, te gulyak Gyny bian. Nyns esta ow perthy own ahanas martesen, saw preder nag eson ny ow perthy own ahanas jy naneyl. Yth osta dha honen oll, ha ny yw seyth in nùmber."

"Kepar ha'n seyth pegh mortal," yn medh Pinocchio in udn wherthyn.

"A wrussowgh why clôwes hedna? Ev re wrug agan despîtya. Ev re'gan gelwys pehosow."

"Pinocchio, gwra omdhyvlâmya rag hedna pò res vëdh dhis warya."

"Cùcû!" yn medh an Popet, orth aga mockya gans y vës vrâs dhyrag y frigow.

"Te a gav edrek."

"Cùcû!"

"Ny a vydn dha gronkya yn cales."

"Cùcû!"

"Ny a vydn terry dha frigow!"

"Cùcû!"

"Dâ lowr. Tàn hedna ha gwra y wetha rag dha gon," an maw moyha taunt a'y dormentours a grias.

Ha gans an geryow-na, ev a ros strocas uthyk wàr an pedn. Pinocchio a worthebys gans strocas aral, ha hedna a veu an tôkyn rag dallath an strif. Wosa nebes mynys yth esa an vatel ow pryjyon tobm ha crev a'n dhew denewen.

Kynth o Pinocchio y honen oll, ev a wrug defendya y honen yn colodnek. Ev a wrug obery yn freth gans an treys predn-na mayth esa y eskerens ow sensy aga honen neb pellder dhyworto. Pyle pynag y whrug lôndya y bôtow, y a asas merk clâv ha ny ylly an vebyon ma's ponya in kerdh in udn uja.

An vebyon a veu serrys pàn na yllens omlath gans an Popet ogas dhodho. Y a dhalathas ytho tôwlel lyvrow a bùb sort orto. Yth esa lyvrow rêdya, lyvrow dorydhieth, lyvrow istory ha lyvrow gramer ow neyjya a bùp tu. Saw lagasow Pinocchio o sherp hag ev a wayas yn uskys. Ny wrug an lyvrow ma's passya dres y bedn, codha i'n mor ha mos mes a wel.

Pùscas an mor a gresy martesen y dhe vos dâ dhe dhebry hag a dheuth bys in enep an dowr in nùmbers brâs. Radn anodhans a wrug dynsel lyver, saw peskytter may whrêns tastya udn folen pò dyw folen, y a wre aga threwy in mes, in udn wil mowys, kepar ha pàn vydnens leverel:

"Ass yw uthyk an saworen-na. Liesgweyth gwell yw agan boos ny."

I'n men-termyn, yth esa an vatel ow tevy dhe voy ha dhe voy gwyls. Pàn glôwas ev an tros, Canker brâs a wrug cramyas yn lent in mes a'n dowr, ha gans lev neb o kepar ha trombôn ow sùffra anwos, ev a grias yn mes:

"Hedhowgh agas omlath, why debel-wesyon. Bohes venowgh y whra batallyow inter mebyon dewedha yn tâ. Certan yw y whra anken dos dhywgh."

An Canker truan. Mar dhâ via dhodho côwsel orth an gwyns. In le a woslowes orth y gùssul dhâ, Pinocchio a drailyas dhodho ha leverel dhodho mar arow dell ylly:

"Sens dha glap, te Ganker hager dha semlant. Gwell via dhis dynsel nebes losanjys pas rag ryddya dha honen a'n anwos-na a'th eus. Kê dhe'th wely rag cùsca. Te a vydn omglôwes gwell myttyn avorow."

I'n men-termyn an vebyon, wàrlergh ûsya oll aga lyvrow, a veras adro rag cafos stoff moy dhe dôwlel. Y a welas fardell a lyvrow Pinocchio wàr an dor ogas dhedhans, hag y a spêdyas in neb fordh dh'aga dalhedna.

Onen a'n lyvrow ow pòr vrâs, lyver arsmetryk, ha cudhlen boos lether adro dhodho. Pinocchio o pòr browt a'n lyver-na. Ev a gara an lyver-na moy ès oll an lyvrow erel.

Onen a'n vebyon a'n sêsyas, rag ev a gresy y fedha va dâ rag tôwlel. Ev a'n towlas orth pedn Pinocchio, saw in le a weskel Pinocchio, an lyver a gronkyas maw aral, hag ev, mar wydn avell spyrys, a grias yn mes, "A Vabmyk, gweres vy, yth esoma ow merwel," hag ev a godhas wàr an dor in clamder.

Pàn welsons an corf bian gwydn-na, an vebyon a gemeras kebmys own, may whrussons oll fia dhe'n fo. Kyns pedn nebes mynys y oll o gyllys mes a wel. Y oll marnas Pinocchio yn udnyk. Kyn feu va ownekhës hanter dhe'n mernans gans euth, ev a bonyas dhe'n mor, glebya y lien dorn i'n dowr yêyn ha dredho ev a vadhyas pedn y goweth bian. Ev a olas yn wherow hag a'n gelwys in udn leverel:

"Eugene, a Eugene cuv truan. Egor dha lagasow ha mir orthyf. Prag nag esta ow cortheby? Ny wrug avy dha weskel, te a wor. Crës dhybm, ny wrug avy hedna. Egor dha lagasow, Eugene. Mar teuta ha'ga sensy degës, me a vydn merwel kefrës. Ogh, ogh, fatl'allama mos tre lebmyn? Fatla wrama nefra arta gweles ow mabmyk arta? Pandra wher dhybm? Pleth ama? Ple hallaf vy keles ow honen? Ogh, govy, milweyth via a pen vy gyllys dhe'n scol myttyn hedhyw. Prag y whrug vy goslowes orth an vebyon-na? Y o drog-exampyl dhybm bythqweth. Hag yth esoma lebmyn ow remembra an pëth a leverys an dyscador dhybm—ha'm mabm kefrës—'Bëdh war a dhrog-cowethas.' Hèn yw an dra a leverys hy dhybm. Saw me yw stordy ha prowt. Yth esoma ow coslowes, saw pùpprës me a wra an pëth a garaf. Hag ena yma res dhybm tylly. Bythqweth ny veu mynysen cres dhybm, abàn veuma genys. Ogh, ogh. Pandra wher dhybm? Pandra wher dhybm?"

Pinocchio a bêsyas owth ola hag ow lamentya hag ow qweskel y bedn. Arta hag arta ev a elwys dh'y gothman bian, pàn glôwas ev dystowgh stappys poos ow tos.

Ev a veras in bàn ha gweles dew Wethyas Cres in y ogas.

"Pandr'esta ow qwil istynys in mes wàr an dor," y a wovydnas.

"Yth esoma ow qweres an cothman-ma dhyworth ow scol?"

"A wrug ev clamdera?"

"Eâ, me a grës y whrug," yn medh onen a'n Wethysy Cres, in udn blêgya dhe veras orth Eugene. "An maw-ma re beu golies wàr denewen y bedn. Pyw a'n pystygas?"

"Ny wrug avy y bystyga ev," yn medh an Popet in udn stlevy, rag scant nyns o anal vëth gesys in oll y gorf."

"Mar ny wrusta jy y bystyga, pyw a'n gwrug?"

"Ny wrug avy y wil," Pinocchio a leverys arta.

"Ha pandr'o an dra a veu va pystygys ganso?"

"Gans an lyver-ma." Ha'n Popet a gemeras in bàn an *Dornlyver Arsmetryk*, kelmys in pasbord ha parchemyn rag y dhysqwedhes dhe'n Gwethyas Cres.

"Ha pyw a bew an lyver-ma?"

"Me a'n pew."

"Hèn yw lowr. Na lavar ger vëth moy. Sa'bàn scaffa gylly ha deus genen ny."

"Saw nyns oma—"

"Saw nyns oma dhe vlâmya."

"Deus genen ny."

Kyns ès y dhe dhyberth, an offycers a elwys dhe nebes pùscadoryon esa ow passya in scath hag y a leverys dhedhans:

"Kemerowgh with a'n gwas bian-ma, re beu pystygys. Drewgh ev tre ha kelmowgh y woliow. Ny a vydn dos avorow rag y gerdhes."

Ena y a dhalhednas Pinocchio ha'y settya intredhans ha leverel dhodho, garow aga lev:

"In rag genes. Ha mar ny wrêta kerdhes yn uskys, dhis y fëdh dhe lacka!"

Ny veu res dhedhans y leverel arta. An Popet a gerdhas yn uskys wàr an fordh bys i'n bendra. Saw scant ny wodhya an gwas bian pandr'esa ev ow qwil. Ev a gresy an dra dhe vos hulla. Ev a omglôwa clâv. Ev a wely pùptra dobyl, yth esa y arrow ow crena, hag yth o segh y davas. Kyn whrug ev oll y ehen, ny ylly ev leverel ger vëth. Saw awos an marder-ma a sensacyon, yth esa ev ow sùffra in udn bredery a bassya in dadn fenestry chy an Fay dhâ. Pandra vynsa hy leverel, pàn wrella hy y weles inter dew Wethyas Cres?

Y a dhrehedhas an dre vian, pàn dheuth whaf sodyn a wyns ha whetha y gappa dhywar bedn Pinocchio. ha'y dhanvon ow rolya pell an strêt wàr nans.

"A vynsowgh why gasa dhybm," an Popet a wovydnas orth an Wethysy Cres, "ponya wàr lergh ow happa?"

"Dâ lowr. Saw gwra fystena."

An Popet êth, kemeres y gappa in bàn—saw in le a'y settya wàr y bedn, ev a'n gorras inter y dhens hag ena ponya tro ha'n mor.

Ev êth kepar ha bùlet dhyworth godn.

An Wethysy Cres a brederys y fedha pòr gales y gachya hag ytho y a dhanvonas wàr y lergh Gwylter brâs, neb a wainyas gober in pùb resegva keun. Pinocchio a bonyas yn uskys ha'n ky a bonyas dhe uskyssa. Pàn glôwsons kebmys tros pobel an dre a bosas in mes a'n fenestry pò a gùntellas i'n strêt rag gweles an strif. Saw y a veu tùllys, rag an Ky ha Pinocchio a dherevys kebmys doust wàr an fordh, warlergh nebes mynys ny yllens bos gwelys.

CHAPTRA XXVIII

Yma Pinocchio in peryl
a vos fries in lecher kepar ha pysk

I'n helgh gwyls-na, Pinocchio a wodhevys prës uthyk pàn wrug ev omry y honen ogasty. Hedna a veu pàn dheuth Alidoro (hèn o hanow an gwylter), in udn bonya kepar ha ky muscok, a dheuth mar ogas dhodho, namna wrug ev cachya an Popet.

An Popet a glôwas, nebes adhelergh dhodho, an best esa worth y sewya ow tiena yn cales, ha moy ès unweyth Pinocchio a bercêvyas anal dobm ow whetha warnodho.

I'n gwelha prës, yth esa ev warbydn an termyn-na pòr ogas dhe'n treth, hag ev a welas an mor nebes stappys cot dhyworto.

Kettel wrug ev trettya wàr an treth, Pinocchio a labmas ha codha aberth i'n dowr. Alidoro a whelas sevel, saw drefen ev dhe vos ow ponya pòr uskys, ny ylly ev, hag ev inwedh êth pell aberth i'n mor. Kynth ywa coynt dhe leverel, ny ylly an ky-na neyjya. Ev a wesky an dowr gans y bawyow rag sensy y honen in bàn, saw dhe voy a wre va hedna, dhe dhownha a wre va sedhy. Pàn herdhyas y bedn in mes a'n mor unweyth arta, yth o y lagasow egerys gwyls hag ev a harthas yn coneryak:

"Budhys oma! Budhys oma!"

"Bëdh budhys dhana," Pinocchio a worthebys abell, hag ev lowen dhe scappya.

"Gweres vy, Pinocchio. Gwra ow selwel dhyworth mernans, Pinocchio bian cuv!"

Pàn glôwas ev an criow-na a'n ky anfusyk, an Popet, rag ev a'n jeva colon pòr garadow, a veu môvys dhe gemeres pyteth. Ev a drailyas dhe'n best truan ha leverel dhodho:

"Saw mar teuma ha'th weres, a wrêta dedhewy na vynta na felha ow throbla ha'm helghya indella?"

"Manaf, manaf, saw fysten. Rag mar teuta gortos secùnd pelha, me a vëdh marow."

104

Pinocchio a hockyas mynysen moy. Ena ev a remembras fatell wrug y das derivas dhodho yn fenowgh na wra gwythres dâ mos dhe goll nefra hag ev a neyjyas bys dhe Alidoro, dalhedna y lost ha'y dedna bys i'n treth.

An Ky truan o mar wadn na ylly ev sevel wàr y dreys. Ev a loncas kebmys dowr sal mayth o va whethfys kepar ha baloun. Nyns o Pinocchio bytegyns whensys dhe drestya dhodho re, hag ytho ev a dowlas y honen aberth i'n mor arta. Pàn esa ev ow neyjya in kerdh, ev a grias in mes:

"Farwèl dhis, Alidoro; chauns dâ re'th fo ha gwra ow remembra dhe'n teylu."

"Farwèl dhis, Pinocchio bian," an Ky a worthebys. "Gromercy milweyth dhis a'm selwel dhyworth mernans. Te a wrug gwythres dâ dhybm, hag i'n bës-ma a vo rës a vydn dewheles pùpprës. Mar teu an chauns, ny a vydn kestalkya arta."

Pinocchio a bêsyas ow neyjya ryb an treth. Wàr an dyweth ev a gresy fatell o tyller salow drehedhys ganso. Ev a veras dres an treth, hag ev a welas entrans bys in cav ha troyll mog ow terevel in mes anodho.

"Res yw bos tan i'n cav-na," ev a leverys dhodho y honen. "Kebmys dhe well. Me a vydn deseha ow dyllas ha tobma ow honen. Hag ena—wèl—"

Gans an porpos-na Pinocchio a neyjyas tro ha'n carrygy, saw kepar dell esa ev ow tallath crambla, ev a glôwas neppyth in dadno worth y lyftya dhe voy ha dhe voy uhel. Ev a assayas diank, saw re holergh o. Er y sowthan brâs, ev a gafas y honen in roos vrâs, in mesk bùsh brâs a bùscas a bùb sort hag a bùb myns. Yth esens y oll ow strîvya hag owth omlath dhe fria aga honen.

I'n kettermyn, ev a welas Pùscador ow tos in mes a'n cav. Mar hager o y semlant, may prederys Pinocchio y vos tebel-vest a'n mor. In le a vlew y bedn o cudhys in dadn gwels gwer tew. Gwer o crohen y gorf, gwer o y dhewlagas. Gwer o an varv pòr hir esa ow trehedhes y dreys. Ev a hevelly bos pedrevan cowrek ha garrow ha dywvregh dhodho.

Pàn wrug an Pùscador tedna an roos in mes a'n mor, ev a grias yn lowen:

"Ragwelesygeth Venegys! Yma genef prës dâ a bùscas."

"Grassow dhe Dhuw, nyns oma pysk," yn medh Pinocchio dhodho y honen, ow whelas somona dhodho y honen nebes coraj gans an geryow-na.

An Pùscador a dhros an roos ha'n pùscas bys i'n cav, tyller tewl ha leun a vog. I'n cres anodho yth esa padel ha meur a oyl inhy ow tythya a-ugh tan esa ow megy hag ow tanvon in mes flêrynsy uthyk a sov. Hèn o lowr dhe stoppya anal nebonen.

"Lebmyn gesowgh ny dhe weles pana sort pùscas a wrussyn ny cachya hedhyw," yn medh an Pùscador Gwer. Ev a worras dorn, mar vrâs avell pal, aberth i'n roos hag a dednas in mes dornas mehelly.

"Ass yw teg an mehelly-ma," yn medh ev warlergh aga whythra ha clôwes aga saworen gans plesour brâs. Wosa hedna ev a's towlas aberth in keryn wag vrâs.

Ev a wrug an gwythres-ma liesgweyth pelha. Kepar dell wre va tedna pùb pysk in mes a'n roos, y to dowr dh'y dhens hag ev ow predery adro dhe'n kydnyow dâ esa ow tos, hag ev a leverys:

"Pùscas brav, an dreynogas-ma."

"Pòr saworek, an gwynogas-ma."

"Lythas delycyùs, an re-ma."

"Ass yw teg an kencras-ma."

"Ha'n ganowas cabm wheg bian-ma, usy aga fedn warnodhans whath."

Kepar dell yllowgh why desmygy, an dreynogas, an lythas, an gwynogas ha'n ganowas cabm inwedh êth aberth i'n geryn rag bos cowethas dhe'n mehelly. Pinocchio a veu an dra dhewetha dhe dhos in mes a'n roos.

Kettel wrug an Pùscador y dedna in mes, y lagasow gwer a egoras yn ledan rag sowthan hag ev a grias in mes yn ownek:

"Pana sort pysk yw hebma? Nyns esoma ow perthy cov a dhebry neb tra kepar ha hebma bythqweth."

Ev a'n whythras yn clos ha wosa y drailya adro hag adro, wàr an dyweth ev a leverys:

"Me a wor. Res yw y vos canker."

Pinocchio, offendys brâs rag bos kemerys rag canker, a leverys gans sorr:

"Flows! Canker in gwir! Nyns oma tra vëth a'n par-na. Kebmer with ha te worth ow dyghtya vy. Res yw dhis godhvos ow bosama Popet."

"Popet?" an Pùscador a wovydnas. "Res yw dhybm avowa bos pysk Popet neb tra nowyth yn tien ragof. Hèn yw dhe well. Me a vydn dha debry dhe voy whansek."

"Ow debry? Saw a ny ylta convedhes nag oma pysk? A nyns esta ow clôwes hag ow qweles me dhe gôwsel ha dhe bredery kepar ha te?"

"Hèn yw gwir," an Pùscador a wovydnas. "Saw drefen me dhe weles fatell osta pysk a yll côwsel ha predery, me a vydn dha dhyghtya gans oll an revrons yw dendylys genes."

"Hag yma hedna ow mênya—"

"Avell tôkyn a'm worshyp brâs ragos, me a vydn dha asa jy dhe dhêwys an fordh may whrama dha dhebry. A vynta jy bos fries in padel, pò a via gwell genes bos bryjys gans sows avallow kerensa?"

"Rag leverel an gwiryoneth," Pinocchio a worthebys, "mars yw res dhybm dêwys, gwell via genef bos delyvrys may hyllyf dewheles tre."

"Esta ow qwil ges? Esta ow tyby y carsen kelly an chauns a dastya pysk mar draweythys? Ny vëdh pysk Popet gwelys re venowgh i'n morow-ma. Gas an dra genef vy. Me a vydn dha fria i'n badel gans an re erel. Me a wor fatell wra hedna dha blêsya. Confort brâs yw pùpprës bos in cowethas dhâ."

Pàn glôwas an Popet anfusyk an geryow-na, ev a dhalathas ola ha lamentya ha pesy. Ev a leverys, hag yth esa an dagrow ow tevera y vohow wàr nans:

"Assa via dâ dhybm mos dhe'n scol! Me a woslowas orth ow howetha, ha lebmyn yma res dhybm tylly ragtho. Ogh, ogh, ogh!"

Ha kepar dell esa ev ow strîvya hag ow troyllya kepar ha syllien rag diank dhyworto, an Pùscador a gemeras corden grev ha'y gelmy dêwla ha treys, ha'y dôwlel aberth i'n geryn gans an re erel.

Ena ev a dednas bolla leun a vleus in mes a amary ha dallath rolya an pùscas ino, onen wosa y gela. Pàn êns y oll gwydn gans an bleus, ev a's towlas aberth i'n badel. An kensa pùscas dhe dhauncya in oyl tobm a veu an mehelly; an dreynogas a's sewyas, ena an gwynogas, an lythas ha'n ganowas cabm. Wàr an dyweth y teuth tro Pinocchio. Pàn welas ev y honen mar ogas dhe'n mernans (ha dhe vernans mar uthyk), ev a dhalathas crena mar freth gans own, ma na veu gesys lev vëth dhodho, may halla ev pesy rag y vêwnans.

Ny wrug an maw truan ma's pesy gans y dhewlagas. Saw ny wrug an Pùscador Gwer merkya ev dhe vos Pinocchio. Ev a'n trailyas adro hag adro i'n bleus, erna veu va kepar ha Popet gwrës a galgh.

Ena ev a'n kemeras er an pedn ha...

CHAPTRA XXIX

Yma Pinocchio ow tewheles dhe jy an Fay;
yma hy ow tedhewy dhodho ternos vyttyn
na vëdh ev Popet na felha mes maw.
Yma va ow cafos hawnsel teg a goffy hag a leth
rag solempnya an wharvedhyans usy ow tos.

Pinocchio a wodhya bos pùb govenek gyllys, rag ev a remembras an pëth a leverys an Pùscador. Ev a dhegeas y lagasow hag a wortas an mynys dewetha.

Adhesempys Ky brâs, dynys der odour an oyl ow pryjyon, a dheuth in udn bonya aberth i'n cav.

"Gwev ow golok!" an Pùscador a grias orth y vraggya, hag yth esa ev whath ow sensy in y dhêwla an Popet cudhys gans bleus.

Saw an Ky truan o pòr wag, hag ow kyny hag ow swaysya y lost, ev a whelas leverel:

"Ro dhybm nebes a'n pùscas ha me a vydn dyberth in cres."

"Gwev ow golok, me a lever!" yn medh an Pùscador arta.

Hag ev a dednas y droos wàr dhelergh may halla pôtya an Ky.

Ena an Ky, na vynsa kemeres denagh vëth, rag ev o pòr wag, a drailyas tro ha'n Pùscador yn coneryak hag a dheskernas ha dysqwedhes y dhens uthyk. I'n tor'-na y feu clôwys lev bian truethek ow leverel: "Saw vy, Alidoro. Mar ny wrêta, me a vëdh fries."

An Ky heb let a aswonas lev Pinocchio. Ev a veu sowthenys brâs pàn gonvedhas ev an lev dhe dhos dhyworth an fardel bian cudhys gans bleus esa an Pùscador ow sensy in y dhorn.

Hag in eur-na pandra wrug ev? Gans udn labm brâs ev a sêsyas an fardel-na in y anow, hag orth y sensy yn scav inter y dhens, ev a bonyas der an daras ha mos mes a wel dystowgh.

An Pùscador, engrys ow qweles y brës boos ledrys dhyworto a bonyas warlergh an Ky, saw ev a veu sêsys gans drog-shôra a basa ha hedna a wrug dhodho sevel ha dewheles dhe'n cav.

In men-termyn, kettel gafas Alidoro an fordh esa ow lêdya dhe'n dre, ev a savas ha droppya Pinocchio yn cosel wàr an dor.

109

"Ass esoma owth aswon grassow dhis," yn medh an Popet.

"Nyns yw res dhis ry grassow dhybm," an Ky a worthebys. "Te a'm selwys kyns lebmyn, ha'n pëth a vo rës, yth ywa restorys pùpprës. Yth eson ny i'n bës-ma may hallen ny gweres an eyl y gela."

"Saw fatla wharva dhis dos dhe'n cav-na?"

"Yth esen ow crowedha obma wàr an treth moy marow ès yn few, pàn dheuth dhybm saworen deg a bysk fries. An odour-na a sordyas ow nown ha me a'm sewyas. Ogh, mar teffen ha dos tecken moy adhewedhes!"

"Na gows anodho," yn medh Pinocchio in udn gyny, rag yth esa ev whath ow trembla gans own. "Na lavar ger vëth moy. Mar teffes ha dos tecken moy adhewedhes, me a via fries, debrys ha goes warbydn lebmyn. Brrrr, yth esoma ow crena in udn bredery adro dhodho!"

Alidoro a istynas in mes y baw dhe'n Popet in udn wherthyn. Pinoccio a'n shakyas yn colodnek, rag ev a wodhya i'n tor'-na ev ha'n Ky dhe vos cothmans dâ. Ena y a asas farwèl an eyl gans y gela ha'n Ky êth tre.

Pinocchio gesys y honen oll a gerdhas tro ha crow bian ogas dhodho, le mayth esa cothwas esedhys i'n howl dhyrag an daras. An Popet a wovydnas orto:

"Lavar dhybm, a dhen dâ, a wrusta clôwes tra vëth a vaw truan henwys Eugene, a veu y bedn pystygys?"

"Y feu an maw degys dhe'n crow-ma ha lebmyn—"

"Lebmyn ywa marow?" yn medh Pinocchio ow coderry y eryow yn trist.

"Nag yw. Yma va ow pêwa, hag ev re dhewhelys tre solabrës."

"In gwir? In gwir?" an Popet a grias, in udn terlebmel gans joy. "Ytho ny veu drog an pystyk?"

"Saw y halsa an pystyk bos pòr sad—mortal kyn fe," an den coth a worthebys, "rag y feu lyver poos tôwlys orth y bedn."

"Ha pyw a'n towlas?"

"Scoler i'n keth scol ganso, Pinocchio y hanow."

"Ha pyw yw an Pinocchio-ma?" an Popet a wovydnas, ow qwil wis na wodhya ev.

"Yma pobel ow leverel ev dhe vos sordyor tervans, gadlyng, pylyak yonk—"

"Cabel. Tra vëth ken ès cabel."

"Yw an Pinocchio-ma aswonys dhis?"

"Aswonys dhybm yw an syght anodho," an Popet a worthebys.

"Ha pandr'esta ow tyby anodho?" an cothwas a wovydnas.

"Me a grës y vos maw pòr dhâ, a gar studhya, gostyth, caradow dh'y Das, ha dhe oll y deylu—"

Pàn esa ev ow leverel oll an gowyow brâs-na adro dhodho y honen, Pinocchio a davas y frigow gans y dhorn ha dyscudha y vos dywweyth hirra ès dell godhvia. Ev a veu fest ownekhës hag a grias:

"Na wra goslowes orthyf, a syra. Oll an taclow marthys a leverys, nyns yns y gwir màn. Aswonys dâ dhybm yw Pinocchio, hag ev yw tebel-was in gwir. Ev yw diek ha dywostyth, hag in le a vos dhe'n scol, yma va ow ponya in kerdh gans y goweth rag dydhana y honen."

Pàn leverys ev an geryow-na, y frigow a dhewhelys dhe'n myns ûsys.

"Prag yth osta mar wydn?" an den coth a wovydnas adhesempys.

"Gas vy dh'y leverel dhis. Heb y wodhvos, me a rùttyas ow honen warbydn fos nowyth-paintys," ev a leverys fâlslych, rag ev a'n jeva meth a leverel fatell veu va preparys rag an lecher.

"Pandra wrusta gans dha gôta, dha gappa ha'th lavrak?"

"Me a vetyas gans ladron hag y a ladras ow dyllas dhyworthyf. Lavar dhybm, a syra, eus martesen sewt bian dhis, a alses ry dhybm, may hyllyf mos tre?"

"A vaw, ow tùchya dyllas, nyns yw dhybm ma's an sagh esof ow sensy hopys ino. Mar mynta y gemeres, kebmer e. Otta va."

Ny wortas Pinocchio erna veu gorfednys y gows. Ev a gemeras an sagh, nag esa tra vëth ino, ha wosa trehy toll ino avàn ha dew doll i'n tenewednow, ev a slyppyas ino kepar ha pàn o hevys. I'n dyllas scavma ev a dhalathas in mes tro ha'n dre.

Pàn esa ev ow kerdhes i'n fordh, ev a omglôwa pòr anês. In gwir ev o mar drist may whrug ev procêdya in udn gerdhes dew stap in rag hag onen wàr dhelergh, hag ev a levery dhodho y honen:

"Fatl'allama dysqwedhes ow honen dhyrag ow Fay vian dhâ? Pandra wra hy leverel pan wrella hy ow gweles? A wra hy gava dhybm an prat dewetha-ma dhyworthyf? Certan oma na wra. Nâ, nâ, na wra poynt. Hag y fëdh hedna dendylys genef, kepar dell yw ûsys. Rag me yw tebel-was, leun a bromyssyow nag esoma nefra ow keweras."

Ev a dhrehedhas an dre holergh i'n nos. Mar dewl o na wely ev tra vëth hag yth esa ow qwil glaw poos.

Pinocchio êth strait dhe jy an Fay, porposys dhe gnoukya wàr an daras.

Pàn wrug ev cafos y honen dhyrag an daras, ev a gollas colon, ha ponya nebes stappys wàr dhelergh. Ev a dheuth dhe'n daras an secùnd treveth hag arta ev a bonyas wàr dhelergh. An tressa treveth ev a wrug an keth gwythres arta. An peswora treveth, kyns ès ev dhe allos kelly y goraj, ev a sêsyas morthol an daras ha gwil son feynt ganso.

Ev a wortas hag a wortas hag a wortas. Wàr an dyweth, warlergh hanter-our yn tien, y feu egerys fenester wàr an leur uhella (an chy a'n jeva peswar leur) ha Pinocchio a welas Bùlhorn brâs ow meras in mes. Yth esa golow munys ow spladna wàr dop y bedn.

"Pyw usy ow knoukya mar holergh i'n nos?" hy a grias.

"Usy an Fay i'n chy?" an Popet a wovydnas.

"Yma an Fay ow cùsca ha ny garsa hy bos anies. Pyw osta jy?"

"Me ywa."

"Pyw yw 'me'?"

"Pinocchio."

"Pyw yw Pinocchio?"

"An Popet neb yw tregys in chy an Fay."

"Â, me a wel," yn medh an Bùlhorn. "Gorta vy ena. Me a vydn skydnya rag egery an daras dhis."

"Gwra fystena, dell y'm kyrry, rag me yw hanter-storvys gans an yêynder."

"A vaw, me yw bùlhorn ha ny wra bùlhorn vëth fystena nefra."

"Our a dremenas ha dew our, hag yth o an daras degës whath. Yth esa Pinocchio ow trembla rag own hag ow crena gans yêynder dre rêson a'n glaw yêyn wàr y geyn; ev a gnoukyas an secùnd treveth, an prës-ma moy uhel ès an kensa prës.

Pàn veu clôwys an secùnd knouk-na, fenester wàr an tressa leur a egoras ha'n keth Bùlhorn a veras in mes.

"A Vùlhorn bian cuv," Pinocchio a grias dhyworth an strêt, "yth esoma worth dha gortos nans yw dew our. Ha dew our yw mar hir avell dyw vledhen nos uthyk avell an nos-ma. Gwra fystena, me a'th pës."

"A vaw," an Bùlhorn a worthebys, cosel ha clor y lev, "a vaw cuv, me yw bùlhorn ha nyns eus bùlhorn vëth ow fystena nefra." Ha'n fenester a dhegeas.

Nebes mynys warlergh hedna y feu clôwys an hanter-nos ow qweskel, hag ena udn eur—ha dyw eur. Hag yth o an daras degës whath.

Ena Pinocchio, a gollas oll y hirberthyans hag a sêsyas morthol an daras in y dhêwla, rag porposys o dyfuna oll an chy ganso hag oll an strêt.

Kettel wrug ev tùchya an morthol bytegyns, hedna a veu gwrës syllien hag a wrug gwydyla in kerdh i'n tewolgow.

"Dar!" Pinocchio a grias serrys brâs, mars yw gyllys morthol an daras, me a yll ûsya ow threys whath."

Ev a gemeras stap wàr dhelergh ha pôtya an daras fest solem. Ev a bôtyas mar gales mayth êth y droos der an daras yn tien ha'y arr a'n sewyas bys i'n glin ogasty. Na fors pana grev a wrug ev tedna ha hâlya, ny ylly ev tedna y arr in mes. Ena ev a remainyas kepar ha pàn o va kentrys dhe'n daras.

Pinocchio truan. Res veu dhodho passya remnant an nos hag udn troos der an daras ha'y gela i'n air.

Pàn esa an jëdh ow terry, an daras wàr an dyweth a egoras. An best bian colodnek-na, an Bùlhorn, a gemeras naw our poran rag skydnya dhyworth an peswora leur bys i'n strêt. Res yw ev dhe hâstya.

"Pandr'esta ow qwil gans dha droos der an daras?" ev a wovydnas in udn wherthyn orth an Popet .

"Drog-labm a veu. A ny wrêta assaya, a Vùlhorn bian teg, dhe'm fria dhyworth an torment uthyk-ma?

"A vaw wheg, yma otham dhyn obma a garpentor ha ny veuma bythqweth onen anodhans."

"Gwra pesy an Fay may whrella hy ow gweres."

"Yma an Fay ow cùsca, ha ny garsa hy bos troblys."

"Saw pandra garsesta may whrellen, ha me kentrys dhe'n daras indelma?"

"Te a yll lowenhe ow reckna an mùryon a wrella passya i'n strêt."

"Dro dhybm neb tra dhe dhebry dhe'n lyha, rag me yw gwag ha feynt."

"Dystowgh."

Try our ha hanter wosa hedna Pinocchio a'n gwelas ow tewheles gans servyour wàr y bedn. Yth esa wàr an servyour bara, mab yar rôstys ha frûtys.

"Ot obma an hawnsel usy an Fay ow tanvon dhis," yn medh an Bùlhorn.

Pàn welas an Popet oll an taclow dâ-ma, ev a omglôwas liesgweyth gwell. Assa veu va dyvlasys bytegyns, pàn dastyas an bara ha dyscudha y vos gwrës a galgh, an mab yar a basbord, ha'n frûtys lieslyw dhe vos gwrës a alabauster.

Ev o whensys dhe ola, hag ev a garsa omry y honen dhe dhyspêr. Ev a garsa tôwlel an servyour dhe ves gans pùptra warnodho. In le a hedna, dre rêson a bain pò a wander, ev a godhas in clamder.

Pàn dheuth y aswonvos dhodho arta, ev a gafas y honen istynys in mes wàr wely dëdh, hag yth o an Fay esedhys ryptho.

"Me re wrug gava pùptra an treveth-ma inwedh," an Fay a leverys dhodho. "Saw kebmer with na wrêta tebel-fara arta."

Pinocchio a bromyssyas dhedhy y whre va desky yn tywysyk hag omdhon y honen yn tâ. Hag ev a sensys y bromys remnant an vledhen. Orth dyweth an vledhen ev a bassyas kensa in y glass in oll y appoзyanзow. Yth o an derivas a gafas ev dhyworth an dyscador mar dhâ, may leverys an Fay dhodho yn lowen:

"Avorow dha dhesîr a vëdh prevys gwir."

"Ha pandr'yw hedna?"

"Avorow ny vedhys Popet na felha, saw te a vëdh gwir-vaw."

Pinocchio a veu muscok gans lowena. Res o dhodho gelwel oll y gothmans hag oll y gowetha dhyworth an scol dhe solempnya ganso an wharvedhyans brâs. An Fay a dhedhewys dhodho y whre hy preparya dew cans hanaf a goffy hag a leth, ha peswar cans crasen hag amanyn lêsys wàr an dhew denewen.

Yth hevelly y fedha an jëdh pòr jolyf ha pòr lowen, saw—

I'n gwetha prës, in bêwnans Popet y fëdh SAW pùpprës, hag yma hedna ow shyndya pùptra.

CHAPTRA XXX

In le a vos gwrës maw,
yma Pinocchio ow ponya in kerdh bys in
Pow an Tegydnow gans y gothman, Bûben.

Dell yll bos convedhys, Pinocchio a besys cubmyas dhyworth an
Fay dhe vos in mes rag radna pùb galow.

"In gwir te a'th eus cubmyas dhe elwel dha gothmans dhe gyffewy
an jorna avorow. Saw kebmer with a dhewheles tre kyns nos. Esta
ow convedhes?"

"Me a vydn dewheles kyns pedn our heb faladow," an Popet a
worthebys.

"Kebmer with, Pinocchio. Yma mebyon ow promyssya taclow yn
êsy, saw yth yw mar êsy dhedhans aga ankevy."

"Saw nyns oma kepar ha'n re-na. Pàn wryllyf ry ow ger, otta vy
worth y sensy."

"Ny a welvyth. Mar teuta ha dysobeya, te a dha honen a wra
godhevel; ny wra ken den vëth."

"Prag?"

"Rag mar ny wra mebyon goslowes orth pobel devys, y a wra
pùpprës sùffra myshyf."

"Ny veuma gostyth bys i'n jëdh hedhyw, saw alebma rag me a wra
obeya."

"Ny a vydn gweles mars esta lebmyn ow leverel an gwiryoneth."

Heb leverel ger vëth moy, an Popet a leverys farwèl dhe'n Fay dhâ,
hag ow cana hag ow tauncya ev a asas an chy.

Nyns o passys meur moy ès our, pàn o gelwys oll y gothmans.
Radn anodhans a agrias dhe dhos heb let hag yn lowen. Res o inia
radn aral, saw pàn glôwsons y fedha amanyn spredys wàr dhew
denewen an crasednow, y oll a dhegemeras an galow in udn leverel:

"Ny a vydn dos rag dha blêsya."

Lebmyn res yw godhvos yth esa udn maw in mesk oll cothmans
Pinocchio, o kerys ganso moy ès ken maw vëth. Gwir-hanow an

maw o Romeo, saw pùbonen a'n gelwys Bûben, rag ev o hir ha tanow ha morethak o y semlant.

Bûben o an maw dieckha in oll an scol, ha'n tebel-was brâssa, saw Pinocchio a'n cara yn frâs.

An jëdh-na Pinocchio êth strait dhe jy y gothman rag y elwel dhe'n kyffewy, saw nyns esa Bûben in tre. Ev êth an secùnd treveth ha'n tressa treveth inwedh, saw heb sowena vëth.

Ple hylly ev bos? Pinocchio a whelas obma hag ena hag in pùb tyller, ha wàr an dyweth ev a'n cafas ow keles y honen ryb kert tiak.

"Pandr'esta ow qwil ena?" Pinocchio a wovydna, in udn bonya in bàn dhodho.

"Yth esoma ow cortos erna wrella hanter-nos seny rag mos—"

"Dhe byle?"

"Pell, pell alebma."

"Ha res veu dhybm mos tergweyth dhe'th chy rag dha whelas."

"Pandr'esta ow tesîrya dhyworthyf?"

"A ny wrusta clôwes an nowodhow? A ny wodhesta pana fortyn dâ a'm beus?"

"Pandr'ywa?"

"Avorow me a wra gorfedna ow thermyn avell Popet ha me a vëdh gwrës maw, kepar ha te hag oll ow hothmans erel."

"Re bo hedna gweres dhis."

"A wrama dha weles i'm kyffewy avorow?"

"Saw me a lever dhis fatell esoma ow tyberth haneth."

"Pana dermyn?"

"Orth hanter-nos."

"Ple fedhys ow mos?"

"Bys in pow gwiryon—an pow gwelha in oll an bës—tyller marthys dâ."

"Fatl'ywa gelwys?"

"Pow an Tegydnow. Prag na wrêta dos genef vy inwedh?"

"Me? Nâ, nâ!"

"Yth esta ow qwil errour brâs, Pinocchio. Crës dhybm, mar ny dheuta genef, te a gav edrek. Ple hylta cafos tyller usy owth acordya gwell genef vy ha genes jy? Nyns eus scol vëth ino, na dyscador vëth na lyver vëth. I'n tyller benegys-na nyns eus tra vëth henwys desky. Ena y fëdh de Sadorn kenyver jorna, pàn nag yw res dhybm mos dhe'n scol. In Pow an Tegydnow pùb jorna yw an Sadorn ma's de Sul yn udnyk. Yma an golyow ow tallath an kensa dëth a vis Genver hag ow tewedha an jëdh dewetha a vis Kevardhu. Hèn yw an tyller ewn ragof vy. Y codhvia dhe genyver pow bos indella. Assa vien ny oll lowen."

"Saw fatl'usy nebonen ow spêna an jorna in Pow an Tegydnow?"

"Ymowns y ow spêna an dedhyow gans gwary ha gans plesour mo ha myttyn. Gordhuwher yma nebonen ow mos dh'y wely ha ternos vyttyn yma an termyn jolyf ow tallath unweyth arta. Pandr'esta ow predery anodho?"

"H'm—" yn medh Pinocchio, hag ev ow pendroppya gans y bedn a bredn, kepar dell vydna ev leverel, "Yth yw an sort bêwnans a vynsa acordya genef yn tien."

"A garsesta ytho dos genef vy? Eâ pò nâ? Res yw dhis ervira."

"Nâ, nâ hag unweyth arta nâ. Me re bromyssyas dhe'n Fay guv dhe vos maw dâ, ha me yw whensys dhe sensy ow ger. Mir. Yma an howl ow sedhy ha res yw dhybm dha asa ha dyberth. Farwèl ha lùck dâ re'th fo.

"Pleth esta ow mos? Pandr'yw an fysky?"

"Yth esof ow mos tre. Ow Fay guv a garsa me dhe dhewheles kyns nos."

"Gorta dyw vynysen pelha."

"Re holergh yw."

"Dyw vynysen yn udnyk."

"Ha mar teu an Fay ha'm deraylya?"

"Gwrêns hy deraylya. Warlergh hy dhe sqwitha hy honen, hy a wra cessya," yn medh Bûben.

"Esta ow mos dy dha honen oll pò a wra mebyon erel mos genes?"

"Ow honen oll? Ny a vëdh moy ès cans in nùmber."

"A wrewgh why kerdhes?"

"Prës hanter-nos y fëdh an caryach ow passya der an tyller-ma ha hedna a vydn agan dry ny ajy dhe oryon an pow marthys-na."

"Govy nag usy an hanter-nos ow qweskel!"

"Praga?"

"May hallen agas gweles why oll ow tallath wàr agas fordh warbarth."

"Gwra gortos obma nebes pelha ha te a'gan gwelvyth."

"Na wrama, ny wrama gortos. Me a garsa dewheles tre."

"Gwra gortos dyw vynysen moy."

"Me re wortas re bell solabrës. Y fëdh an Fay anês."

"An Fay druan. Eus own dhedhy y whra an eskelly crehyn dha dhevorya?"

"Goslow, Bûben," yn medh an Popet, "osta certan nag eus scol vëth in Pow an Tegydnow?"

"Nyns eus unweyth an skeus a scol vëth ena."

"Eus dyscador ena?"

"Nag eus. Nyns eus udn dyscador kyn fe i'n tyller-na."

"Hag yw res dhe nebonen desky?"

"Nag yw, nyns yw res desky nefra, nefra."

"Assa via teg an pow-na!" yn medh Pinocchio, ow clôwes whans brâs in y golon. "Assa via an pow-na teg! Ny veuma bythqweth ino, saw me a yll y dhesmygy yn tâ."

"Prag na wrêta dos genef inwedh?"

"Nyns yw a brow vëth te dhe'm temptya. Me a leverys dhis fatell wrug vy dedhewy dhe'm Fay guv y whrên vy omdhon ow honen yn tâ, hag ervirys yw genef gwil warlergh ow fromys."

"Farwèl dhis ytho, ha gwra ow remembra vy dhe'n scolyow gramer, dhe'n uhel-scolyow ha dhe'n coljiow mar teuta metya gansans i'n fordh."

"Farwèl, Bûben. Re wrello soweny dha viaj. Kebmer plesour ino ha gwra ow remembra vy dhe'th cothmans dhia dermyn dhe dermyn."

Gans an geryow-ma an Popet a dhalathas wàr y fordh tre. Ev a drailyas unweyth arta dh'y gothman ha govyn orto:

"Saw osta sur i'n pow-na yma whegh Sadorn hag udn Sul?"

"Pòr sur oma."

"Ha'n degolyow dhe dhallath de Halan Genver ha dewedha an unegves dëdh warn ugans a vis Kevardhu?"

"Pòr sur yn tien."

"Assa via teg an pow-na," yn medh Pinocchio arta, rag ny wodhya ev pandra godhvia dhodho gwil. Ena ev a erviras adhesempys hag a leverys yn uskys:

"Farwèl dhis rag an prës dewetha, ha sowena re'th fo!"

"Farwèl dhis."

"Pes termyn erna wrelles dyberth?"

"Ajy dhe dhew our."

"Soweth. A pes jy ow tyberth ajy dhe udn our, me a vynsa gortos martesen."

"Ha'n Fay?"

"Me yw holergh warbydn lebmyn, ha ny wra udn our moy pò le meur a dhyffrans."

"Pinocchio truan. Ha mar teu an Fay ha'th teraylya?"

"Ô, gwrêns hy ow deraylya. Pàn vo hy sqwith, hy a wra cessya."

I'n men-termyn, yth esa an nos ow tevy dhe voy tewl. Adhesempys y feu golow bian gwelys ow flyckra i'n pellder. Y hylly sownd coynt bos clôwys, mar vedhel avell clogh bian, ha feyn ha tegys kepar ha gwybesen ow sia abell.

"Otta va," Bûben a grias hag ev a labmas wàr y dreys.

"Pandra?" yn medh Pinocchio in udn whystra.

"An caryach usy ow tos rag ow dry in kerdh. Rag an prës dewetha, esta ow tos pò a nyns esta?"

"Saw ywa gwir na vëdh res nefra dhe'n vebyon desky?"

"Na vëdh, nefra, nefra."

"Ass yw teg, marthys, caradow an pow-na. Ô, ô, ô!—"

CHAPTRA XXXI

Wosa pymp mis a wary,
yma Pinocchio ow tyfuna myttyn teg hag
yma sowthan brâs orth y wortos.

An caryach a dheuth wàr an dyweth. Ny wre va son vëth, rag yth o y rosow kelmys gans cala ha gans cloutys.

Tednys o an caryach gans dêwdhek copel a asenas, y oll a'n keth myns, saw a dhyvers lywyow. Radn o loos, radn aral gwydn, ha radn aral whath du ha gorm kemyskys. Obma hag ena yth esa nebes asenas labol, melen ha blou.

An dra moyha coynt o hebma: nyns esa hern margh adro dhe dreys onen vëth a'n peswar warn ugans asen-na saw y oll a's teva eskyjyow gwrës a lether ha lâcys dhodhans, poran kepar ha'n eskyjyow usy adro dhe dreys mebyon.

Ha drîvyor an caryach?

Desmygyowgh dhywgh agas honen den bian tewl, meur ledanha ès y hirder, rônd ha lenter kepar ha pellen amanyn, ha'y vejeth ow spladna kepar hag aval. Y fedha y anow munys ow minwherthyn heb hedhy, ha'y lev bian a vedha ow flattra pùpprës kepar ha cath ow pesy neb tra dhe dhebry.

Kettel wre neb maw y weles, ev a godha in kerensa ganso, ha ny vedha an maw contentys erna ve alowys dhodho viajya in y garyach bys i'n tyller marthys-na o henwys Pow an Tegydnow.

In gwir yth o an caryach stoffys mar stroth gans mebyon a pùb oos, mayth o va haval dhe sten a hern. Nyns êns y attês, yth êns y grahellys an cyl a-ugh y gela, scant ny yllens y tedna anal; saw ny veu clôwys croffal vëth. Y a gresy kyns pedn nebes ourys y oll dhe dhrehedhes pow, na vo scolyow, na lyvrow na dyscadoryon ino ha'n tybyans-na a wre lowenhe kebmys an vebyon, nag o bern dhodhans naneyl nown na sehes na cùsk na fowt confort.

Kettel wrug an caryach sevel an Den Bian tew a drailyas dhe Bûben. Ev a blêgyas hag a vinwharthas hag a wovydnas in udn flattra:

"Lavar dhybm, te was teg, a garsesta inwedh dos dhe'm pow marthys vy?"

"Carsen in gwir."

"Saw res yw dhybm dha warnya, a guv colon, nag eus spâss vëth gesys i'n caryach. Leun ywa."

"Na fors," Bûben a worthebys. "Mar nyns eus spâss wàr jy, me a yll esedha wàr do an caryach."

Ha gans udn labm ev a wrug esedha i'n tyller-na.

"Ha pandra vynta jy gwil, a guv colon?" an Den Bian, a wovydnas yn cortes ow trailya dhe Pinocchio. "Pandra wrêta? A vynta dos genen ny, pò yw gwell genes gortos obma?"

"Me a vydn gortos obma," Pinocchio a worthebys. "Me a garsa dewheles tre, rag gwell yw dhybm desky ha spêdya i'm bêwnans."

"Lùck dâ re'th fo gans hedna."

"Pinocchio," Bûben a elwys. "Goslow orthyf. Deus genen ny ha ny a vëdh lowen rag nefra."

"Na wrav! Nâ, nâ!"

"Deus genen ny, ha ny a vëdh lowen rag nefra," peswar lev aral a elwys in mes a'n caryach.

"Deus genen ny, ha ny a vëdh lowen rag nefra," an cans maw ha moy i'n caryach a elwys oll warbarth.

"Ha mar teuma ha dos genowgh, pandra wra ow Fay guv leverel?" an Popet a wovydnas, rag yth esa ev ow tallath hockya ha gwadnhe ow tùchya y forpos dâ.

"Na borth awhêr. Preder yn udnyk agan bos ny ow viajya dhe bow may hyllyn ny gwil tros mo ha myttyn."

Ny worthebys Pinocchio, saw ev a hanajas yn town—unweyth, dywweyth, tergweyth. Wàr an dyweth ev a leverys:

"Gwrewgh spâss dhybm. Me a garsa dos genowgh."

"Leun yw pùb esedhva," yn medh an Den Bian, "saw may hylly gweles ow revrons ragos, te a yll kemeres ow le vy avell drîvyor."

"Ha te?"

"Me a vydn kerdhes."

"Na wres in gwir. Ny alsen perthy tra vëth kepar. Gwell yw dhybm marhogeth wàr onen a'n asenas-ma," Pinocchio a grias.

Kettel leverys ev hedna, ev êth bys i'n kensa asen ha whelas mos in bàn wàr y geyn. Saw an best bian a drailyas dystowgh ha'y bôtya mar grev i'n dorr, may feu Pinocchio tôwlys dhe'n dor gans y arrow i'n air.

Pàn welsons oll an dra wharthus-na, nag esens ow qwetyas, oll an vebyon foesyk a wharthas yn frâs.

Ny wharthas an Den Bian tew. Ev êth in bàn dhe'n asen gorth, hag ow minwherthyn pùpprës, ev a blêgyas a-ughto yn caradow ha brathy dhywarnodho hanter y scovarn.

I'n men-termyn, Pinocchio a dherevys dhywar an dor ha gans udn labm ev a lôndyas wàr geyn an asen. An labm a veu gwrës mar dhâ, may whrug oll an vebyon cria yn mes: "Hùrrâ rag Pinocchio!" hag y a dackyas dêwla orth y wormola.

Adhesempys an asen bian a bôtyas gans y arrow adhelergh, ha gans an gway-na, nag esa ev ow qwetyas, an Popet truan a gafas y honen dysplewys in mes in cres an fordh.

An vebyon a grias in mes arta. Saw an Den Bian, in le a wherthyn, a veu mar garadow tro ha'n best bian, may whrug ev abma dhodho arta in udn vrathy dhyworto hanter y scovarn gledh.

"Te a yll mos in bàn lebmyn, a vaw," yn medh ev i'n tor'-na dhe Pinocchio. "Na borth own. Yth o an asen-na anês adro dhe neb tra. Saw me re gowsas orto, hag yth hevel lebmyn ev dhe vos cosel ha fur."

Pinocchio a ascendyas ha'n caryach a dhalathas wàr y fordh. Pàn esa an asenas ow ponya an fordh veynek ahës, an Popet a gresy ev dhe glôwes lev pòr wadn ow whystra dhodho:

"Ass osta gocky. Te re wrug an pëth a garses. Saw te a vëdh maw edrygys brâs kyns na pell."

Pinocchio a gemeras own brâs hag a veras ader dro dhe weles pana dyller esa an geryow ow tos dhyworto, saw den vëth ny welas ev. An asenas a bonyas, an caryach a rolyas in rag yn smoth, yth esa an vebyown ow cùsca (yth esa Bûben ow renky kepar ha hunegan) hag yth esa an drîvyor bian tew ow cana yn hunek der y dhens.

In nos ma pùb ow cùsca
Saw nefra ny gùscaf vy...

Wosa udn vildir ader dro, Pinocchio a glôwas an keth lev feynt-na ow whystra:

"Porth cov, te vobba bian: an Vebyon a wrella cessya dhe dhesky hag a wrell trailya aga heyn orth scol ha lyvrow ha dyscadoryon, yn scon pò moy adhewedhes y wra tebel-dewedha. Ogh, pana dhâ yw hedna godhvedhys genama. Ha me a yll y brevy dhis heb dowt vëth. Yma an jëdh ow tos may whrêta ola mar wherow dell esoma ow honen owth ola lebmyn—saw re holergh vëdh i'n tor'-na."

Pàn glôwas ev an geryow whystrys-na, an Popet a gemeras dhe voy ha dhe voy own. Ev a labmas dhe'n dor, ponya bys i'n asen, esa ev ow marhogeth wàr y geyn, hag in udn gemeres tron an asen in y dhêwla ev a veras orto. Why a yll desmygy pana vrâs veu y sowthan, pàn welas Pinocchio an asen dhe vos owth ola—owth ola kepar ha maw."

"Hô, a Vêster Den Bian," an Popet a grias. "A wodhesta pana dra goynt usy ow wharvos obma? Yma an asen owth ola."

"Gwrêns ev ola. Pàn vo va demedhys, ev a gav termyn dhe wherthyn."

"A wrusta jy desky dhodho côwsel martesen?"

"Na wrug. Ev a dheskys stlevy nebes geryow pàn o va tregys teyr bledhen gans bagas a geun deskys."

"An best truan."

"Deus, deus," yn medh an Den Bian, "nâ wra strechya adro dhe asen a yll ola. Kê in bàn yn uskys ha deun ny alebma. Yêyn yw an nos ha hir yw an fordh."

Pinocchio a obeyas heb leverel ger vëth moy. An caryach a dhalathas gwaya arta. Ternos vyttyn tro ha terry an jëdh y a dhrehedhas wàr an dyweth an pow desîrys termyn pell, Pow an Tegydnow.

Yth o an pow brav-ma dyhaval dhyworth pùb tyller aral i'n bës. Kynth o lies onen tregys ino, an dregoryon o mebyon kettep pedn. An radn gotha o adro dhe beswardhek bloodh, an re yonca adro dhe eth. Yth esa kebmys tros i'n strêt, mebyon ow kelwel ha ow whetha trompys, mayth o lowr dhe vodharhe nebonen. Yth esa bagasow a vebyon cùntellys in pùb tyller. Yth esa radn ow qwary marblednow, gwary scoch ha pel droos. Yth esa ken re ow marhogeth wàr dhywrosow pò wàr vergh predn. Yth esa radn ow qwary margh dall, ha re erel ow qwary tyck. Obma yth esa bagas ow qwary cyrcùs, ena yth esa bagas aral ow cana hag ow leverel versyow. Yth esa nebes ow tôwlel cryghlabmow, re erel ow kerdhes wàr aga dêwla ha'ga threys i'n air. Y whre passya jenerals in udnform leun ow lêdya rejymens a soudoryon pasbord. Y fedha clôwys wherthyn, scrija, uja, criow ha tackya dêwla ow sewya an keskerth-na. Yth esa maw ow qwil son kepar ha yar, maw aral kepar ha culyak, ha'n tressa maw a wre an sownd a lion in y fow.

Yth esens y oll warbarth ow qwil kebmys tros mayth o res dhe nebonen gorra bombas in y scovornow. Yth o oll an plainys leun a waryjiow bian a bredn, hag y oll lenwys a vebyon mo ha myttyn, ha wàr fosow an treven y hylly bos gwelys lavarow screfys in golosk kepar ha'n re-ma: *hure rag sport ha gwarry!* (in le *hùrê rag sport ha gwary*); *caz yw scollyow dhyn!* (in le *cas yw scolyow dhyn*); *dhen dorr gans arr smeterik!* (in le *dhe'n dor gans arsmetryk*); ha lavarow erel a'n keth sort.

Kettel wrusson trettya wàr dhor an pow, Pinocchio, Bûben hag oll an vebyon erel, o devedhys gansans, a dhalathas wàr fordh a whythrans. Y a wandras pùb le, y a whythras pùb cornel, pùb chy ha pùb gwaryjy. Y a veu cothman dhe genyver onen. Pyw a alsa bos lowenha agessans y?

Gans oll an intertainmens ha'n kyffewy an ourys, an dedhyow ha'n seythednow a bassyas yn uskys.

"Ass yw teg an bêwnans ma!" yn medh Pinocchio peskytter may whre va metya y gothman Bûben.

"A nyns o an gwir dhybm?" Bûben a worthebys. "Ha preder, scant nyns esta parys dhe dhos genen. An tybyans a dheuth dhis de y honen te dhe vydnes dewheles tre rag gweles dha Fay ha dhe dhallath desky arta. Mars osta frank hedhyw dhyworth lyvrow ha dhyworth pluvednow plobm ha dhyworth an scol, yth esta in kendon dhybm a'm cùssul hag a'm gwith ahanas. A vynta y avowa? Wosa pùptra nyns yw vas mas gwir-cothmans yn udnyk."

"Gwir yw hedna, a Bûben. Mars oma pòr lowen hedhyw, hèn yw dre rêson te dhe'm cùssulya. Ha preder, an dyscador, pàn wrella va côwsel ahanas, ev a levery, 'Bydner re wrylly mos gans an Bûben-na. Ev yw drog-coweth hag onen a'n dedhyow-ma ev a vydn dha hùmbrank wàr stray.'"

"An dyscador truan," an maw aral a worthebys in udn bendroppya. "In gwir me a wor pygebmys en vy cas dhodho, ha pygembys a vedha ev plêsys dhe'm cably. Saw ow natur vy yw hel, ha me a'n gav dhodho a leun-golon."

"Ass yw caradow dha golon!" yn medh Pinocchio in udn vyrla y gothman.

Pymp mis a bassyas ha'n vebyon a dhuryas ow qwary hag ow lowenhe mo ha myttyn, heb gweles lyver vëth, pò desk class pò scol. Saw, a flehes, myttyn a dheuth pàn dhyfunas Pinocchio ha pàn veu va sowthenys brâs, rag ev a dhyscudhas neb tra a wrug grêvya y golon.

CHAPTRA XXXII

Yma scovornow Pinocchio gwrës kepar ha scovornow Asen.
Nebes warlergh hedna yma Pinocchio ow chaunjya
dhe wir-Asen hag ev a dhallath bêgy.

Pùbonen i'n bës neb prës re gemeras sowthan brâs. Saw nyns yw ma's bohes kepar ha'n sort sowthan a gafas Pinocchio an myttynna.

Pandra veu?

Me a vydn derivas dhywgh, a redyoryon vian. Pàn dhyfunas Pinocchio, ev a dherevys y dhorn dh'y bedn hag ena ev a gafas—

Gwrewgh desmygy.

Ev a gafas fatell wrug y scovornow tevy deg mêsva dhe'n lyha dres nos.

Why a dal godhvos nag o dhe'n Popet ma's scovornow pòr vian dhyworth y enesygeth. Y o mar vian in gwir scant na yllens bos gwelys.

Prederowgh a'y sensacyon, pàn verkyas ev y dhyw scovarn vunys dhe vos gwrës dyw scubylen hir.

Ev êth dhe whelas gweder meras saw ny gafas ev onen vëth. Ny wrug ev ma's lenwel bason a dhowr ha meras orto y honen. I'n tor'na ev a welas neppÿth na garsa ev bythqweth gweles. Yth o y fygùr teg provies gans dyw scovarn deg a asen.

Me a vydn gasa dhywgh dhe bredery a anken uthyk, a sham hag a dhyspêr an Popet.

Ev a dhalathas ola, dhe uja ha cronkya y bedn warbydn an fos, saw dhe voy a wre va uja, dhe hirha ha dhe voy blewak a wre tevy y scovornow.

Pàn glôwas ev an ujow glew-na, Hunegan a entras i'n chambour, Hunegan bian tew, esa tregys avàn. Pàn welas hy Pinocchio grevys mar vrâs, ev a wovydnas orto, meur y fienasow:

"Pandr'yw an mater, a gentrevak bian cuv?"

"Me yw clâv, a Hunegan bian, pòr glâv—ha'm cleves yw neppÿth usy worth ow ownekhe. A wodhesta fatla wrer tava an pols?"

"Nebes."

"Gwra tava ow fols vy ha lavar dhybm mara'm beus fevyr."

An Hunegan a gemeras codna bregh Pinocchio inter y bawyow ha wosa nebes mynys, ev a veras in bàn orto yn trist ha leverel:

"A gothman, por dhrog yw genef, saw yma res dhybm ry tebel-nowodhow dhis."

"Pandr'yw hedna?"

"Yma dhis drog-fevyr."

"Pana fevyr ywa?"

"Fevyr an asen."

"Ny worama tra vëth ow tùchya an fevyr-na," an Popet a worthebys, hag ev ow tallath convedhes pandr'esa ow wharvos dhodho.

"Ena me a vydn derivas dhis adro dhodho," yn medh an Hunegan. "Gor ytho kyns pedn dew our pò try our, ny vedhys Popet na felha, na maw naneyl."

"Pandra vedhama?"

"Kyns pedn dew our pò try our te a vëdh gwrës gwir-asen, poran kepar ha'n bestas a vo ow tedna an kertys frût dhe'n marhasow."

"Ogh, pandr'yw gwrës genef? Pandr'yw gwrës genef?" Pinocchio a grias, ow sêsya y scovornow hir in y dhêwla hag orth aga thedna hag orth aga handla yn serrys, kepar ha pàn vêns y ow tevy wàr nebonen aral.

"A vaw cuv," an Hunegan a worthebys rag y lowenhe nebes, "na borth awhêr. Ny yll bos dyswrës an pëth yw gwrës. An Destnans re erhys hebma: pùb maw diek, a vo ow hâtya an scol ha lyvrow ha dyscadoryon, hag a vo ow spêna oll y dhedhyow gans tegydnow ha gans gwariow, ev a dal bos chaunjys neb termyn dhe asen."

"Saw ywa indella in gwir?" an Popet a wovydnas in udn ola yn wherow?

"Drog yw genef, saw indella yth yw an mater. Ha lebmyn ny wra dagrow servya poynt. Y codhvia dhis predery adro dhe hebma moy avarr."

"Saw nyns oma dhe vlâmya. Crës dhybm, a Hunegan bian. Bûben yw oll dhe vlâmya."

"Ha pyw yw an Bûben-ma?"

"Coweth i'm class vy i'n scol. Me a garsa dewheles tre. Me a garsa bos gostyth. Me a garsa desky ha soweny i'n scol, saw Bûben a leverys dhybm: 'Prag yth esta ow wastya dha dermyn ow tesky? Prag yth osta whensys dhe vos dhe'n scol? Deus genama dhe Bow an Tegydnow. Ena ny vëdh res dhyn nefra arta desky. Ena ny a yll enjoya aga honen ha lowenhe mo ha myttyn.'"

"Ha prag y whrusta sewya cùssul an fâls-cothman-na?"

"Praga? Dre rêson, a Hunegan bian cuv, me dhe vos Popet dybreder—dybreder ha dybyta. Govy na'm beus colon vëth. A pe colon vëth inof, bythqweth ny wrussen forsâkya an Fay dhâ, neb a'm cara, hag o mar garadow dhybm. Ha warbydn lebmyn ny vien Popet na felha. Me a via gwrës gwir-vaw, kepar hag oll ow hothmans. Ogh, mar teuma ha metya Bûben, me a vydn leverel dhodho pandr'yw ow thybyans vy anodho—ha moy inwedh."

Warlergh an areth hir-na Pinocchio a gerdhas bys in daras an chambour. Saw pàn wrug ev y dhrehedhes, ev a remembras y scovornow hir avell asen, hag a gemeras sham a'ga dysqwedhes dhyrag an bobel hag ev a drailyas. Ev a dalhednas sagh brâs coton dhywar an estyllen ha'y dedna wàr nans bys in y frigow.

Afînys indella ev êth in mes. Ev a whelas Bûben pùb le, an strêtys ahës, i'n plainys, i'n gwaryjiow, pùb tyller, saw ny ylly ev bos kefys. Ev a wovydnas orth kenyver onen a wrug ev metya adro dhe Bûben, saw nyns o Bûben gwelys gans den vëth. In y dhyspêr ev a dhewhelys tre ha knoukya wàr an daras.

"Pyw eus ena?" Bûben a wovydnas wàr jy.

"Yth esof vy obma," an Popet a worthebys.

"Gorta pols."

"Warlergh hanter-our yn tien, an daras a veu egerys. Yth esa ken sowthan ow cortos Pinocchio. Ena i'n chambour yth esa y gothman ow sevel, hag yth esa sagh brâs coton adro dh'y bedn, tednys wàr nans bys in y frigow.

Pàn welas Pinocchio an sagh-na, ev a veu nebes lowenha hag ev a leverys dhodho y honen:

"Res yw ow hothman dhe sùffra an keth cleves avelof. Martesen ev a'n jeves fevyr an asen inwedh."

Saw ev a omwruk na welas ev tra vëth, hag a wovydnas in udn vinwherthyn:

"Fatl'yw genes, a Bûben guv?"

"Pòr dhâ. Kepar ha logosen in keus."

"Yw hedna gwir?"

"Prag y whrussen vy leverel gow dhis?"

"Gav dhybm, a gothman, saw prag yma an sagh coton-na adro dhe'th scovornow?"

"An medhek re'n erhys dhybm, drefen bos pain in onen a'm dêwlin. Ha te, a Bopet wheg, prag yth esta gwyskys i'n sagh coton-na bys in dha frigow?"

"An medhek re erhys dhybm y wysca drefen me dhe bystyga ow throos."

"Ogh, a Pinocchio truan!"

"Ogh, a Bûben truan."

Y feu taw wosa an geryow-na, hag yth esa an dhew gothman ow perthy sham hag ow meras an eyl orth y gela hag y parys dhe wil ges.

Wàr an dyweth an Popet, mar wheg y lev avell mel ha mar vedhel avell recorda, a leverys dh'y goweth:

"Lavar dhybm, a Bûben, a gothman cuv, a wrusta bythqweth sùffra gans pain i'th scovarn?"

"Na wrug. A wrusta jy sùffra indella?"

"Na wrug bythqweth. Saw myttyn hedhyw yma ow scovarn orth ow thormentya."

"Yma ow scovarn orth ow thormentya inwedh."

"Dha scovarn jy inwedh? Pana scovarn?"

"Y aga dyw. Ha'th scovornow jy?"

"Aga dyw kefrës. Martesen yth ywa an keth cleves."

"Yma own dhybm y vos an keth."

"A vynta gwil favour dhybm, a Bûben?"

"Yn lowen a leun-golon."

"A vynta dysqwedhes dha scovornow dhybm?"

"Prag na? Saw kyns ès me dhe dhysqwedhes ow scovornow dhis, me a garsa gweles dha scovornow jy, a Pinocchio wheg."

"Nâ. Res yw dhis dysqwedhes dha scovornow jy kyns oll."

"Nâ, a goweth wheg. Dha scovornow jy, ha warlergh hedna ow scovornow vy."

"Wèl dhana," yn medh an Popet, "gesowgh ny dhe wil ambos."

"Derif dhybm an ambos."

"Gesowgh ny dhe dhysky agan cappys warbarth. Dâ lowr?"

"Dâ lowr."

"Parys ytho."

Pinocchio a dhalathas nyvera:

"Onen. Dew. Try."

Gans an ger 'Try' an dhew vab a dednas aga happys dhywarnodhans ha'ga thôwlel yn uhel i'n air.

Hag ena y wharva neppÿth yw cales dhe gresy, saw re wir ywa. An Popet, ha Bûben, y gothman, pàn welas an eyl y gela ow sùffra an keth tebel-fortyn, in le a omglôwes trist ha methek, y a dhalathas gwil ges an eyl a'y gela, ha wosa lowr a flows, y a godhas in wharth colodnek.

Y a wharthas hag a wharthas hag a wharthas—erna vowns y clâv ow wherthyn—hag erna wrussons ola.

Saw dystowgh Bûben a cessyas y wherthyn. Ev a drebuchyas ha namna wrug ev codha. Mar wydn avell spyrys, ev a drailyas dhe Pinocchio ha leverel:

"Gweres vy, gweres vy, Pinocchio."

"Pandr'yw an mater?"

"Ogh! Gweres vy, ny allama sevel na felha."

"Ny allama sevel naneyl," Pinocchio a grias; ha'y wherthyn a drailyas dhe dhagrow kepar dell esa ev ow trebuchya adro dyweres.

Scant ny veu aga geryow côwsys, pàn wrussons aga dew codha dhe'n dor wàr aga feswar paw ha dallath ponya ha lebmel adro i'n chambour. Kepar dell esens ow ponya, aga brehow a veu gwrës garrow, aga fâss a wrug hirhe erna veu min asen, ha'ga heyn a veu cudhys gans blew hir loos.

Hèn ow skyla lowr rag sham, saw an prës moyha uthyk a veu pàn bercêvyas an dhew greatur truan aga lostow dhe omdhysqwedhes. Y a veu overcùmys gans meth ha gans ponvos, hag y a whelas lamentya aga destnans.

Saw pàn yw neb tra gwrës, ny ylla bos dyswrës. In sted a griow hag a hanajow, y a dhalathas bêgy yn crev kepar hag asenas, hag y owth ùttra sonyow avell "Hî-hau! Hî-hau!"

I'n very tor'-na y feu nebonen clôwys ow knoukya wàr an daras, ha lev a grias in mes dhedhans:

"Egorowgh an daras. Me yw an Den Bian, drîvyor an caryach neb a'gas dros why obma. Egerowgh, me a lever, pò bedhowgh war!"

CHAPTRA XXXIII

Pinocchio warlergh bos chaunjys dhe asen
yw pernys gans Mêster a Cyrcùs,
hag ev a whela desky dhodho gwil prattys.
An asen yw gwrës mans hag
yw gwerthys dhe dhen a garsa ûsya
y grohen rag gwil tabour.

Pòr drist ha pòr vorethak o an dhew was bian truan hag y ow
meras an eyl orth y gela. Wàr ves yth esa fowt perthyans an Den
Bian owth encressya, ha wàr an dyweth ev a bôtyas mar wyls may
whrug an daras egery dystowgh. Ev a veras orth Pinocchio hag orth
Bûben hag ev ow minwherthyn yn wheg dell o ûsys. Ev a leverys
dhedhans:
"Ober dâ, a vebyon. Why re wrug bêgy mar dhâ, may whrug vy
aswon agas levow heb let, hag otta vy obma."
Pàn wrussons clôwes hedna, an dhew Asen a blêgyas aga fedn gans
meth, gwil dh'aga scovornow droppya, ha gorra aga lost inter aga
garrow.

Wostallath an Den Bian a wrug aga chersya ha levna aga blew. Ena
ev a gemeras in mes stryl ha'ga dyghtya ema vowns y mar lenter avell
gweder. Pàn veu ev contentys gans semlant an dhew vest bian, ev a
worras frodn warnodhans ha'ga dry bys in marhas pell dhyworth Pow
135

an Tegydnow, rag yth o govenek dhodho aga gwertha ha cafos pris dâ ragthans.

In gwir, ny veu res dhodho gortos re hir erna wrug prenoryon offra mona ragthans. Y feu Bûben pernys gans tiak, a veu y asen marow an jëdh kyns. Pinocchio êth dhe vêster cyrcùs, a garsa desky dhodho gwil prattys rag an woslowysy.

Ha lebmyn, esowgh why owth ùnderstondya pëth o galow an Den Bian? An gwas uthyk bian-ma, a vedha y fâss ow terlentry gans caradêwder pùpprës, ev a wre mos adro i'n bës ow whelas mebyon. Mebyon dhiek, o lyvrow cas gansans, mebyon neb o whensys dhe forsâkya aga threven, mebyon neb o sqwith a'n scol—oll an re-na o y joy ha'y fortyn dâ. Ev a wre aga dry ganso bys in Pow an Tegydnow ha gasa dhedhans lowenhe kebmys dell êns whensys. Pàn wrellens trailya dhe asenas, warlergh mîsyow a wary heb ober vëth, ev a wre aga gwertha i'n varhas. Kyns pedn nebes bledhydnyow ev o gyllys mylyonair.

Pandra wharva dhe Bûben? A flehes cuv, ny worama. Me a yll leverel dhywgh fatell wrug Pinocchio sùffra ponvos brâs dhyworth an kensa jorna in rag.

Warlergh y worra in crow, mêster nowyth Pinocchio a lenwys y bresep a gala. Saw Pinocchio wosa tastya ganowas anodho a'n trewas in mes. Ena an den a lenwys an presep in udn settya gora ino. Saw ny wrug hedna plêsya Pinocchio vÿth moy.

"Â, nyns esta ow cara gora naneyl?" ev a grias yn serrys. "Gorta, a Asen teg. Me a vydn dha dhesky dhe sconya dhe vos mar dhainty."

Heb leverel udn ger moy, ev a gemeras whyp ha gweskel an Asen yn cales dres y arrow.

Pinocchio a scrijas gans pain, ha kepar dell esa ev ow scrija bêgy a wre:

"Hau! Hau! Hau! Ny allama gôy cala."

"Ena, deber an gora," y vêster a worthebys, rag ev a ùnderstondyas an Asen yn perfeth.

"Hau! Hau! Hau! Yma gora ow ry dhybm drog pedn."

"Esta ow consydra martesen y coodh dhybm ry kig yar pò kig hoos dhis?" an den a wovydnas arta. Ha moy serrys ès bythqweth, ev a gronkyas Pinocchio arta.

Wosa sùffra strocosow an secùnd treveth, Pinocchio êth pòr gosel ha ny leverys ev ger vëth moy.

Warlergh hedna y feu degës daras an crow hag ev a veu gesys y honen oll. Ny wrug ev debry tra vëth nans o meur a dermyn, hag ev a dhalathas diena rag ewn nown. Kepar dell wre va diena, ev a egery y anow mar ledan avell forn.

Wàr an dyweth, pàn na wrug ev cafos ken tra vëth i'n presep, ev a dastyas an gora. Wosa y dastya, ev a wrug y gnias yn tâ, degea y lagasow ha'y lenky.

"Nyns yw drog an gora-ma," yn medh ev dhodho y honen. "Saw me a via fest lowenha, mar teffen ha desky. Me a via ow tebry bara hag amanyn dâ, adar gora. Kebmer perthyans."

Ternos vyttyn pàn dhyfunas Pinocchio, ev a whelas i'n presep dhe gafos moy gora, saw gyllys o va yn tien. Debrys oll o ganso dres nos.

Ev a assayas an cala, saw kepar dell esa ev orth y gnias, ev a verkyas er y dùll brâs, na wre va tastya kepar ha rîss na kepar ha macarôny naneyl.

"Kebmer perthyans," ev a leverys dhodho y honen hag ev ow knias. "Govy na yll ow fonvos vy servya avell gwarnyans dhe vebyon dhywostyth a wrella sconya dhe dhesky. Kebmer perthyans. Kebmer perthyans."

"Perthyans in gwir!" y vêster a grias orto i'n very tor'-na, hag ev owth entra i'n crow.

"Esta ow cresy martesen, a Asen bian cuv, na wrug vy dha dhry obma ma's dhe ry dhis boos ha dewas? Nâ, nâ, nâ. Te a dal ow gweres gwainya nebes bathow teg a owr, esta ow clôwes? Deus genama lebmyn. Me a vydn dha dhesky dhe lebmel, dhe blêgya, dhe dhauncya walts ha polca, eâ, ha dhe sevel orth dha bedn kyn fe."

Pinocchio truan, mydna ev kyn na vydna, res o dhodho desky oll an taclow marthys-na, saw ev a spênas try mis hir orth aga desky ha res o dhodho sùffra lies strocas kyns ès ev dhe vos declarys perfêth.

Wàr an dyweth an jëdh a dheuth pàn ylly mêster Pinocchio nôtya performans arbednek. Y feu an scrisellow glenys in bàn oll adro dhe'n cyta. Y o screfys in lytherow brâs hag yth êns y kepar dell usy ow sewya:

PERFORMYANS SPECYAL BRÂS

Gordhuwher hedhyw

Y FËDH GWELYS AN LAPPYANSOW ÛSYS

WARBARTH GANS PRATTYS MARTHYS

PERFORMYS GANS OLL AGAN ARTYSTYON

ha gans pub margh ha casek a'n company

pelha

y fëdh presentys rag an kensa prës

ΡΙΝΟ ϹϹΗΙΟ ΑSΕΝΥΗ

a'n hanow brâs

neb yw aswonys avell

STÊREN AN DAUNS

An gwaryjy a vëdh golowys mar spladn avell an jëdh

An nos-na, kepar dell yllowgh why desmygy, yth o an gwaryjy leun bys i'n darasow udn our kyns dallath an dysqwedhyans.

Ny yll esedhva bos kefys awoles, nag i'n balcons nag i'n soler rag arhans na rag owr.

Yth esa flehes, mebyon ha mowysy, a bùb oos, owth hêsya in pùb le, hag y ow qwydyla, cot aga ferthyans, dhe weles dauns an Asen, brâs y hanow.

Pàn o gorfednys kensa radn an performyans, Perhen ha Mêster an Cyrcùs, gwyskys in côta du, lavrak glin gwydn, ha botas a lether lenter, a bresentyas y honen dhe'n woslowysy, ha gothys crev y lev ev a wrug declarya indella:

"A gothmans onourys brâs, a Syrys hag a Arlodhesow,

"Yma agas gwas uvel, Mêster an cyrcùs-ma ow presentya y honen dhywgh haneth may halla ev settya dhyragowgh an Asen moyha marthys ha moyha y glos in oll an bës, Asen neb re gafas in y vêwnans cot an onour a berformya dhyrag myterneth ha dhyrag myternesow ha dhyrag emperours a oll cortys brâs Ewrop.

"Gromercy dhywgh oll a'gas attendyans."

Y feu an areth-na metys gans meur a wherthyn ha meur a dackya dêwla. Ha hedna a devys dhe uja brâs, pàn omdhysqwedhas Pinocchio, an Asen meur y hanow, in kelgh an cyrcùs. Ev o arayes yn fin. Yth esa frodn a lether spladn gans boclys a vrest melen wàr y geyn; yth o dyw gamêlya wydn kelmys orth y scovornow; yth esa snôdys ha crîbellow a owrlyn rudh kelmys orth y vong, neb o crùllys liesgweyth. Yth o grugys a bàn a owr hag a arhas kelmys adro dh'y wast, hag yth o rybanys lieslyw spladn owth afîna y lost. Ass o va Asen sêmly in gwir!

Pàn wrug Mêster an cyrcùs y bresentya dhe'n bobel, ev a addyas an geryow-ma:

"A woslowysy meur-onourys, ny wrama agas sqwitha in udn dherivas dhywgh adro dhe'n caleterow brâs a'm beu ha me ow whelas dova an best-ma, abàn wrug vy y drouvya in forestys Afryca. Merowgh, me a'gas pës, orth y lagas gwyls. Oll an fordhow ûsys gans cansvledhydnyow gans pobel wharhës dhe dhova bestas a wrug fyllel yn tien gans an asen-ma. Res o dhybm wàr an dyweth resortya dhe yêth clor an whyp may hallen y blêgya dhe'm bolùnjeth. Awos oll ow haradêwder, bytegyns, bythqweth ny wrug vy soweny dhe wainya kerensa an Asen-ma. Yth ywa mar wyls hedhyw dell o va an jëth may whrug vy y drouvya. Yma va whath orth ow hâtya hag ow perthy own ahanaf. Saw me re gafas ino teythy usy worth y wil asen a brow. A welowgh why an voth vian wàr y dâl? Yth yw an voth vian-ma usy ow ry dhodho an gallos marthys usy ino a dhauncya hag a ûsya y dreys mar scav avell person mortal. Merowgh orto, a serys, ha kemerowgh plesour in y berformans. Kyns ès me dh'agas gasa, me a garsa declarya fatell vêdh ken dysqwedhyans gordhuwher avorow. Mar pêdh glaw ow tegensewa, an spectakyl brâs a wra kemeres le orth udnek eur myttyn."

An Mêster a blêgyas hag ena trailya dhe Pinocchio in udn leverel:

"Bêdh parys, Pinocchio. Kyns ès dallath dha berformyans, gwra salujy an woslowysy."

Pinocchio a blêgyas y dhêwlin bys i'n dor yn maner wostyth hag a wortas wàr y dhêwlin erna grias an Mêster yn sherp, hag ev ow crackya y whyp:

"Kerdh!"

An Asen a dherevys y honen wàr y beswar troos ha kerdhes adro dhe'n kelgh. Nebes mynys a bassyas hag arta unweyth an Mêster a grias:

"Gwra stap uskys!" ha Pinocchio a obeyas hag a jaunjyas y stap.

"Gwra ponya!" ha Pinocchio a bonyas.

"Scaffa gylly!" ha Pinocchio a bonyas mar uskys dell ylly. Pàn esa ev ow ponya an Mêster a dherevys y vregh ha setha unweyth y bystol.

Pàn glôwas Pinocchio hedna, ev a godhas dhe'n dor kepar ha pàn ve va marow in gwir.

Meur a wormola a vetyas an Asen, pàn wrug ev sevel wàr y dreys. Y feu criow ha garmow ha tackyans dêwla clôwys a bùb tu. Pàn glôwas Pinocchio oll an sonyow-na ev a lyftyas y bedn ha derevel y lagasow. Otta, dhyragtho, wàr an balcon yth esa esedhys benyn deg. Yth o chain hir a owr cregys adro dh'y hodna, ha wàr an chain ev a welas medal brâs. Wàr an medal brâs yth o paintys pyctour a Bopet.

"An pyctour-na yw portreyans ahanaf vy. An venyn deg-na yw ow Fay vy," yn medh Pinocchio dhodho y honen, orth hy aswon. Ev a omglôwas mar lowen may whrug ev oll y ehen dhe cria in mes:

"Ô, ow Fay guv, ow Fay guv ow honen!"

Saw in le a'n geryow, ny veu clôwys i'n gwaryjy ma's bêgyans uhel, mar uhel ha mar hir may whrug oll an woslowysy, tus, benenes ha flehes, ha spessly an flehes, codha in wharth.

Hag ena may halla va desky dhe'n Asen na wrella va bêgy in maner dhyscortes dhyrag an bobel, an Mêster a'n gweskys wàr y frigow gans dorn y whyp.

An Asen bian truan a worras in mes tavas hir ha lyckya y frigow termyn hir in udn whelas lehe an pain.

Hag assa veu va trist, pàn veras ev in bàn tro ha'n balcon, ha gweles fatell o gyllys an Fay.

Ev a omglôwas y honen dhe vos ow clamdera, ha'y lagasow a lenwys a dhagrow hag ev a olas yn wherow. Ny wodhya den vëth prag yth esa ev owth ola. An Mêster yn certan ny'n godhya, saw ev a grackyas y whyp ha cria in mes:

"Gwrës dâ, Pinocchio. Lebmyn dysqwa dhyn pana strîk vedhys ow lebmel der an kelhow."

Pinocchio a assayas dywweyth pò tergweyth, saw peskytter may teuth ev ogas dhe'n kelgh, gwell o ganso mos in dadno. An peswora treveth, y vêster a veras orto yn sevur, hag ev a labmas der an kelgh, saw pàn wrug ev indella, y arrow delergh a veu maglednys i'n kelgh hag ev a godhas in gròn wàr an leur.

Pàn savas Pinocchio wàr y dreys, ev o cloppek ha scant ny ylly ev cloppya bys i'n crow.

"Pinocchio. Ny a garsa gweles Pinocchio. Ny a garsa gweles an Asen bian!" an vebyon a grias dhyworth an esedhva ryb an waryva, rag y a veu trist'hës der an droglabm.

Ny welas den vëth an asen arta an gordhuwher-na.

Ternos vyttyn medhek an bestas a dheuth ha declarya y fedha an Asen bian cloppek remnant y vêwnans.

"Pana brow dhybm yw asen cloppek?" yn medh an Mêster dhe was an crow. "Dro va dhe'n varhas rag y wertha."

Pàn wrussons drehedhes an varhas, y feu prenor kefys yn scon.

"Pygebmys esta ow whansa rag an Asen bian cloppek-na?" ev a wovydnas.

"Ugans puns."

"Me a vydn ry ugans deneren dhis. Na breder me dh'y berna may halla ev lavurya dhybm. Ny garsen ma's cafos y grohen. Yma hy owth apperya pòr grev, ha me a yll hy ûsya rag gwil tabour. Me yw esel a vagas menestrouthy i'm pendra hag yma otham dhybm a dabour."

Me a vydn gasa dhywgh why, a flehes cuv, pana joy a gemeras Pinocchio, pàn glôwas ev y fedha gwrës crohen tabour anodho.

Kettel wrug an pernor tylly y ugans deneren, an Asen a veu gorrys inter y dhêwla.

Y berhen nowyth a'n dros bys in âls uhel a-ugh an mor, settya men brâs adro dh'y godna, kelmy lovan dhe onen a'y dreys, y herdhya in rag dres an âls, ha Pinocchio a godhas aberth i'n dowr.

Pinocchio a wrug sedhy dystowgh. Ha'y vêster nowyth a esedhas wàr an âls in udn wortos erna wrella va budhy. Ena ev a vynsa y dhygrohedna ha gwil tabour anodho.

CHAPTRA XXXIV

Yma Pinocchio tôwlys i'n mor, debrys
gans pùscas hag ev yw gwrës Popet unweyth arta.
Pàn usy ev ow neyjya bys i'n tir,
yma an Morgy Uthyk worth y lenky.

Wàr nans dhe dhownha ha dhe dhownha aberth i'm mor Pinocchio a wrug sedhy, ha wàr an dyweth, warlergh gortos hanter-cans mynysen an den wàr an âls a leverys dhodho y honen:

"Ow Asen truan cloppek a dal bos budhys warbydn lebmyn. In bàn ganso, hag ena me a yll dhallath gonys wàr ow thabour teg."

Ev a dednas an lovan neb o kelmys adro dhe arr Pinocchio—hag a dednas hag a dednas ha wàr an dyweth ev a welas ow tos in bàn bys in enep an dowr—A yllyowgh why desmygy pandra? In le a asen marow ev a welas Popet o whath yn few, hag ev ow trailya hag ow qwydyla kepar ha syllien.

Pàn welas ev an Popet-na a bredn, an den truan a gresy ev dhe vos ow qwil hunros, hag ev a esedhas ena, y anow ledan-egerys ha'y lagasow ow tardha in mes a'y bedn.

Wosa ombredery ev a leverys:

"Pëth a wharva dhe'n Asen a wrug vy tôwlel aberth i'n mor."

"Me yw an Asen-na," an Popet a worthebys in udn wherthyn.

"Te?"

"Me."

"Te dùllor bian! Esta ow qwil ges ahanaf?"

"Ow qwil ges ahanas? Nag esof màn, a Vêster ker. Yth esoma ow côwsel in sevureth."

"Saw fatla wher, te dhe vos ow sevel dhyragof avell Popet a bredn, pàn nag es nebes mynys alebma ma's asen?"

"Martesen y feu an dowr sal neb a wrug hedna. Yth yw an mor ûsys dhe wil prattys a'n par-na."

"Kebmer with, te Bopet. Na wra ges ahanaf. Mar teuma ha serry, gojy!"

"Wèl, dhana, a Vêster, a garses clôwes oll ow whedhel vy? Ena gwra dygelmy ow garr ha me a yllvyth derivas an whedhel dhe well."

Yth esa an cothwas whensys dhe glôwes an gwir-whedhel a vêwnans an Popet, hag ytho heb let ev a lowsyas an lovan esa o sensy troos Pinocchio. Pinocchio a omglôwas mar frank avell ÿdhyn an air hag ev a dhalathas y whedhel.

"Godhvyth hebma ytho: i'n termyn eus passys, me o Popet a bredn, poran kepar dell oma hedhyw. Udn jëdh yth esen ow mos dhe vos chaunjys dhe vaw, dhe wir-vaw, saw dre rêson a'm diecter ha'm hâtyans a lyvrow, ha dre rêson me dhe woslowes orth tebel-cowetha, me a fias dhe'n fo dhyworth ow thre. Myttyn teg me a dhyfunas ha cafos ow honen chaunjys dhe asen—scovornow hir, blew loos, ha lost kyn fe warnaf. Assa wrug avy kemeres sham an jëdh-na! Yma govenek dhybm na wrêta nefra prevy tra vëth kepar, a Vêster cuv. Me a veu drës dhe'n varhas ha gwerthys dhe Berhen Cyrcùs. Ev a wre assaya gwil dhybm dauncya ha lebmel dre gelhow. Udn gordhuwher, pàn esen ow performya, me a godhas yn poos, hag êth cloppek. Abàn na wodhya pandra godhvia gwil gans asen cloppek, Perhen an Cyrcùs a'm danvonas dhe'n varhas ha te a'm prenas."

"Gwrug yn certan. Ha me a ros ugans deneren ragos. Now pyw a vydn ow aqwytya rag ow mona?"

"Saw prag y whrusta ow ferna? Te a'm pernas rag ow myshevya— dhe'm ladha—may halles gwil crohen tabour ahanaf."

"Eâ, me a wrug hedna yn certan. Ha lebmyn ple whrama cafos crohen aral?"

"Na fors, a Vêster cuv. Yma lies asen i'n bës-ma."

"Lavar dhybm, te was bian taunt, usy dha whedhel ow tewedha ena?"

"Udn ger moy," an Popet a worthebys, "ha gorfednys vëdh ow whedhel. Wosa ow ferna, te a'm dros obma rag ow ladha. Saw te a gemeras pyteth ahanaf, hag indella kelmy lovan adro dhe'm codha ha'm tôwlel in mes i'n mor. Hèn o cuv ha dâ dhyworthys, te dhe dhesîrya me dhe sùffra mar vohes avell possybyl. Me a vydn dha remcmbra nefra. Ha lebmyn ow Fay a vydn kemeres with ahanaf, mar teuta unweyth ha—"

"Dha Fay? Pyw yw hy?"

"Ow mabm vy yw hy, ha kepar ha pùb mabm aral usy ow cara hy flehes, nefra ny wra ow forsâkya, kyn nag yw hedna dendylys genef. Ha hedhyw, kettel wrug hy ow qweles vy in peryl a vos budhys, an Fay dhâ-na a dhanvonas mîlyow a bùscas dhe'n tyller mayth esen ow crowedha. Y a gresy ow bosama asen marow in gwir hag y a dhalathas ow debry. Ass o brâs pùb ganowas a wrussons kemeres in mes ahanaf. An eyl a dhebras ow scovornow, y gela ow frigow, an tressa pysk a dhebras ow hodna ha'm mong. Radn anodhans a assaultyas ow garrow, radn ow heyn, hag in mesk an re erel yth esa pysk munys clor ha cortes hag ev a wrug an favour brâs dhybm hag a dhebras ow lost."

"Alebma rag," yn medh an den, meur y euth, "yth esoma ow tias na wrama nefra tastya pysk. Fatl'alsen cafos plesour in udn egery mehyl pò gwydnak, mar teffen ha cafos ino lost asen?"

"Acordys oma genes i'n mater-na," an Popet a worthebys in udn wherthyn. "Bytegyns te a dal godhvos hebma: pàn wrug an pùscas debry an blew esa worth ow hudha dhia droos dhe bedn, heb mar y a dheuth dhe'n eskern—saw i'm câss vy dhe'n predn, rag dell wodhesta, me yw gwrës a bredn fest cales. Wosa densel hedna nebes, an pùscas a dhyscudhas nag o an predn dâ dh'aga dens, hag y a gemeras own a dhrog-goans. Ytho y a drailyas hag a fias dhe'n fo heb kemeres cubmyas genef nag aswon grâss dhybm. Ott obma, a Vêster cuv, ow whedhel vy. Te a wor lebmyn prag y whrusta cafos Popet in le a asen marow pàn wrusta ow thedna in mes a'n dowr."

"Yma dha whedhel ow qwil dhybm wherthyn," an den a grias yn serrys. "Me a wor fatell wrug vy spêna ugans deneren rag dha berna, ha me a garsa cafos ow mona wàr dhelergh. A wodhesta an pëth a wrama? Me a vydn dha dhry arta dhe'n varhas ha'th wertha avell cunys sëgh."

"Dâ lowr, gwra ow gwertha. Me yw contentys," yn medh Pinocchio, saw kepar dell esa ev ow côwsel ev a labmas yn uskys aberth i'n mor. Ev a neyjyas in kerdh scaffa gylly, hag in udn wherthyn, ev a grias in mes:

"Farwèl, a Vêster. Mar pëdh otham dhis a grohen rag dha dabour, porth cov ahanaf vy."

Ev a neyjyas in rag hag in rag. Wosa termyn ev a drailyas arta hag a grias in mes moy crev ès kyns:

"Farwèl, a Vêster. Mar pëdh otham dhis nefra a dharn predn sëgh rag cunys, porth cov ahanaf vy."

Wosa nebes secùnds ev o gyllys mar bell, scant na ylly ev bos gwelys. Ny ylly bos gwelys anodho ma's spot vëth du ow qwaya yn uskys wàr enep blou an dowr, spot bian du neb a lyftya traweythyow i'n air garr pò bregh. Nebon a vynsa cresy fatell o Pinocchio chaunjys dhe vorhogh ow qwary i'n howl.

Wosa neyjya termyn hir, Pinocchio a welas carrek vrâs in cres an mor, mar wydn avell marbel. Uhel wàr an garrek avàn yth esa Gavar vian ow sevel in udn vryvya hag ow qwil sînys dhe'n Popet dhe dhos dhedhy.

Yth o neb tra pòr stranj ow tùchya an Avar vian-na. Nyns o hy blew naneyl gwydn na du na gell kepar an blew a avar vëth aral, saw blou, colour glew down a wrug dhe Pinocchio perthy cov a vlew an vowes teg. Yth esa colon Pinocchio ow qweskel yn uskys, hag ena dhe uskyssa hag uskyssa. Ev whelas neyjya dhe voy uskys tro ha'n garrek wydn. Namnag o hanter an fordh gyllys ganso, pàn wrug euthvil grysyl herdhya y bedn in mes a'n dowr, pedn hûjes brâs ha ganow cowrek, ledan-egerys in udn dhysqwedhes try rew a dhens lenter, ha'n syght y honen anodhans a vynsa lenwel nebonen a own.

A wodhowgh why pandr'o hedna?

Nyns o euthvil an mor tra vëth ken ès an Morgy brâs, re beu campollys yn fenowgh i'n whedhel-ma. Dre rêson a'y gruelta an Morgy brâs-na o henwys "Attyla an Mor" gans pùscas ha gans pùscadoryon. Pàn welas Pinocchio an euthvil, namna wrug an wolok y ladha gans own. Ev a whelas neyjya in kerdh dhyworto, dhe jaunjya y fordh, dhe dhiank, saw yth esa an ganow hûjes brâs-na ow nessa dhodho pùpprës.

"Gwra fystena, Pinocchio, dell y'm kyrry," yn medh an Avar vian in udn vryvya wàr an garrek uhel.

Ha Pinocchio in y dhyspêr a wrug neyjya gans y vrehow, y arrow ha'y gorf.

"Yn uskys, Pinocchio, yma an euthvil ow nessa dhis."

Pinocchio a neyjyas dhe uskyssa ha dhe greffa.

"Moy uskys, Pinocchio. An euthvil a wra dha gachya. Otta va. Otta va. Yn uskys, yn uskys, pò kellys osta."

Pinocchio êth der an dowr kepar ha bùlet in mes a godn—dhe voy ha dhe voy strîk. Ev a dheuth ogas dhe'n garrek. An Avar a bosas dhe'n dor ha ry dhodho onen a'y fawyow rag y weres in mes a'n dowr.

Ellas, re holergh veu. An euthvil a'n cachyas ha'n Popet a gafas y honen inter an rewyow a dhens spladn gwydn. Ny bêsyas hedna ma's tecken bytegyns, rag an Morgy a dednas anal dhown, ha kepar dell wrug ev anella, ev a evas an Popet aberth, mar êsy dell wrussa ev sugna oy. Ena ev a'n loncas mar uskys, may whrug Pinocchio codha aberth in corf an pysk ha growedha ena yn clamderys hanter-our.

Pàn dheuth an Popet dhodho y honen arta, ny ylly ev remembra pleth esa ev. Yth esa tewolgow oll adro, tewolgow mar dhown ha mar dhu, may prederys ev rag tecken ev dhe worra y bedn aberth in botel a ink. Ev a woslowas nebes mynys saw ny glôwas ev tra vëth. Traweythyow y whrug gwyns yêyn whetha wàr y fâss. Kyns oll ny ylly ev styrya pana dyller esa an gwyns ow tos dhyworto, saw wosa termyn ev a gonvedhas fatell esa an gwyns ow tos in mes a skevens an euthvil. Me a ancovas derivas dhywgh fatell wre an Morgy sùffra gans berr-anal, hag indella, peskytter may whrella tedna anal, yth hevelly hager-awel dhe vos ow whetha.

Kyns oll Pinocchio a whelas dhe vos colodnek, saw kettel wrug ev godhvos ev dhe vos in gwir i'n torr an Morgy, ev a godhas in olva hag a dheveras dagrow.

"Gweres vy! Gweres vy!" ev a grias, "Ogh, govy, govy! A ny wra nebonen dos ha'm selwel?"

"Pyw usy obma a yllvyth dha selwel, te vaw anfusyk?" yn medh lev garow, kepar ha gyttern ronk.

"Pyw usy ow côwsel?" Pinocchio a wovydnas, hag ev rewys rag euth.

"Yth esof vy ow côwsel, Tûna truan, a veu lenkys gans an Morgy pàn veusta lenkys ganso. Pana sort pysk osta jy?"

"Nyns oma pysk poynt. Me yw Popet."

"Mar nyns osta pysk, prag y whrusta gasa dhe'n euthvil-ma dha lenky?"

"Ny wrug vy gasa dhodho. Ev a'm châcyas hag ev a'm loncas heb me dhe allos y lettya. Ha lebmyn pandra goodh dhyn gwil obma i'n tewolgow?"

"Gortos erna wrella an Morgy agan gôy, me a sopos."

"Saw nyns oma whensys dhe vos gôys ganso," Pinocchio a grias, hag ev a dhalathas ola.

"Nyns oma whensys naneyl," yn medh an Tûna, "saw me yw fur lowr dhe gresy, mars yw nebonen genys pysk, yma moy a dhynyta ow longya dhe vernans in dadn an dowr ès dhe vernans in padel fria."

"Flows uthyk!" Pinocchio a grias.

"Hèn yw ow opynyon vy," an Tûna a worthebys, "hag y tal onoura opynyons."

"Saw me a garsa mos in mes a'n tyller-ma. Me a garsa scappya."

"Kê mar kylta."

"An Morgy-ma, neb re wrug agan lenky, ywa pòr hir?" an Popet a wovydnas.

"Y gorf ev, heb nyvera y lost, yw udn vildir in hirder ogasty."

Pàn esa ev ow côwsel i'n tewolgow, Pinocchio a gresy ev dhe weles golow feynt i'n pellder.

"Pandra yll hedna bos?" yn medh ev dhe'n Tûna.

"Neb pysk truan aral, usy ow cortos, hir y berthyans, kepar ha ny dhe vos gôys gans an Morgy."

"Me a vydn mos dh'y weles. Ev a yll bos pysk coth ha martesen ev a wor neb fordh dhe dhiank."

"Lùck dâ re'th fo, a Bopet wheg."

"Farwèl, a Dûna."

"Farwèl, a Bopet, ha fortyn dâ re'th fo."

"Pana dermyn a wrama dhe weles arta?"

"Gwell yw heb predery adro dhodho."

CHAPTRA XXXV

Pyw usy Pinocchio ow trouvya in corf an Morgy?
Redyowgh an chaptra-ma,
ow flehes, ha why a wodhvyth.

Pinocchio, wosa kemeres cubmyas gans y gothman dâ, an Tûna, a drebuchyas in kerdh aberth i'n tewolgow ha dallath kerdhes gwella gylly tro ha'n golow feynt esa ow spladna i'n pellder.

Kepar dell esa ev ow kerdhes, yth esa y dreys ow lagya in poll a dhowr slynk blonegek. Yth o an saworen boos ow tos dhyworth an dowr-na mar leun a bysk bryjys in oyl may whrug Pinocchio cresy an sêson dhe vos Corawys.

Dhe belha a wre Pinocchio procêdya, dhe spladna ha dhe glerha a devy an golow munys. Ev a gerdhas in rag hag in rag, erna wrug ev trouvya—ny a vydn agas gasa dhe dhesmygy milweyth, a flehes cuv. Ev a drouvyas bord bian settys rag kydnyow ha golowys gans cantol herdhys in botel a weder; ryb an bord yth esa den coth bian, mar wydn avell an ergh hag ev ow tebry pùscas bew. Yth esa an pùscas ow qwaya kebmys, may whre onen anodhans slyppya in mes a anow an cothwas traweythyow, ha diank bys i'n tewolgow in dadn an bord.

Pàn welas an Popet truan hedna, ev a veu lenwys dystowgh a lowena vrâs ha namna godhas ev in clamder. Ev a garsa wherthyn, ev a garsa ola, ev a garsa leverel mil dra hag onen, saw ny ylly ev ma's sevel heb gwaya, in udn stlevy hag ow côwsel geryow trogh. Wàr an dyweth, in udn gonstrîna y honen, ev a ùttras scrij a joy, hag in udn egery y vrehow, ev a's towlas adro dhe godna an den coth.

"Ô, a Das, a Das cuv! A wrug vy dha gafos wàr an dyweth? Lebmyn ny wrama nefra arta dha forsâkya."

"Usy ow lagasow ow leverel dhybm an gwiryoneth?" an den coth a worthebys, in udn rùttya y dhewlagas. "Osta in gwir ow Pinocchio cuv colon?"

"Ov, ov, in gwir. Mir orthyf. Te re wrug ow ankevy, a ny wrusta? Ô, a Das, pana dhâ osta! Ha pana dhrog oma—Ogh, saw dieth yw na wodhesta pygebmys anfeus a'm beu ha pygebmys ponvos a wrug vy godhevel. Preder a'n jëdh-na pàn wrusta gwertha dha gôta coth may halles perna ow lyver abecedary ragof dhe vos dhe scol. Me a bonyas in kerdh dhe Waryjy an Popettys ha'n perhen a'm cachyas hag ev a garsa ow lesky rag bryjyon y on rostys. Ev o an den a ros dhybm an pymp bath a owr ragos, saw me a vetyas an Lowarn ha'n Gath, hag y a'm dros bys in Tavern an Legest Rudh. Y a dhebras kepar ha bleydhas, ha me a asas an Tavern ow honen oll ha metya an Ladhoryon Gudh i'n coos. Me a bonyas dhywortans hag y a'm sewyas pùpprës. Ena y a'm crogas wàr scoren a dherowen vrâs. Ena Fay an Gols Blou a dhanvonas dhybm an caryach rag ow selwel ha'n vedhygyon, wosa ow whythra, a leverys, 'Mar nyns ywa marow, yma va ow pêwa in gwir,' hag ena me a leverys gow ha'm frigow a dhalathas tevy. Y a devys hag a devys ha ny yllyn aga dry dre dharas an chambour. Hag ena me êth gans an Lowarn ha gans an Gath dhe Wel an Merclys rag encledhyas an bathow owr. An Popynjay a wrug ges ahanaf, hag in sted a dhyw vil vath, ny gefys vy tra vëth. Pàn glôwas an Jùj fatell veu ow mona ledrys dhyworthyf, ev a'm danvonas dhe'n pryson rag gwil dhe'n ladron rejoycya. Pàn dheuth vy in mes a'n pryson, me a welas bagas teg grappys ow cregy wàr wedhen grappys. An vaglen a'm cachyas ha'n Tiak a worras band adro dhybm ha gwil ky gwetha ahanaf. Ev a dhyscudhas me dhe vos inocent pàn wrug vy cachya an Codnas Gwydn hag ev a'm frias. Serpont an lost ow megy a dhalathas wherthyn ha gwythien a dorras in y vrèst hag indella me a dhewhelys dhe jy an Fay. Hy o marow, ha'n Golom a'm gwelas owth ola hag a leverys dhybm: 'Me re welas dha das ow gwil scath rag dha whelas in Ameryca,' ha me a leverys dhedhy, 'Govy na'm beus eskelly,' ha hy a leverys dhybm, 'A garses mos bys in dha das?' ha me a leverys, 'Martesen, saw fatla?' Hy a leverys, "Gwra crambla wàr ow heyn. Me a vydn dha dhry dy.' Ny a neyjyas dres nos, ha ternos vyttyn yth esa an bùscadoryon ow meras tro ha'n mor, hag ow kelwel, 'Yma den bian truan ow mos dhe vudhy,' ha me a wodhya y vos te, rag ow holon a'n leverys dhybm, hag indella me a wrug sînys dhis dhywar an âls—"

"Me a wrug dha aswon jy inwedh," Geppetto a addyas, "ha me a garsa mos bys dhis. Saw fatl'alsen? Yth esa an mor ow terevel fol, ha'n todna a drailyas an scath an pëth awartha dhe woles. Hag ena Morgy Uthyk a dheuth in mes a'n mor ha kettel wrug ev ow gweles i'n dowr, ev a neyjyas tro ha me, gorra in mes y davas ha'm lenky mar êsy avell choclet menta."

"Ha pes termyn osta degës in bàn obma?"

"Dhyworth an jëdh-ma bys hedhyw, dyw vledhen sqwith—dyw vledhen, Pinocchio wheg, hag y o kepar ha dyw gansvledhen."

"Ha fatla wrusta bêwa? Ple gefsys an gantol? Ha'n tanbrednyer rag hy anowy—ple whrusta cafos an re-na?"

"Te a dal godhvos, fatell wrug gorhal brâs godhevel an keth destnans avelof i'n hager-awel neb a loncas ow scath vy. Y feu selwys oll an marners, saw an gorhal a wrug sedhy bys in goles an mor, ha'n keth Morgy Uthyk a loncas an radn vrâssa anodho."

"Pywa! Lenky gorhal yn tien?" Pinocchio a wovydnas sowthenys brâs.

"Wàr udn labm. Ny wrug ev trewa in mes ma's an wern vrâs, rag hodna a lenas orth y dhens. Er ow fortyn dâ yth o an gorhal cargys gans kig, boos stênys, tesednow cales, bara, botellow a win, grappys sëgh, keus, coffy, shùgra, cantolyow cor ha boxys a danbredyer. Gans oll an benothow-ma me re vêwas yn jolyf dyw vledhen yn tien, saw lebmyn yth oma devedhys bys i'n brewyon dewetha. Nyns eus tra vëth gesys lebmyn in amary, ha'n gantol-ma yw an onen dhewetha gesys dhybm."

"Hag ena?"

"Hag ena, a guv colon, ny a vydn cafos agan honen i'n tewolgow."

"I'n câss-na, a Das ker," yn medh Pinocchio, "nyns eus termyn vëth dhe gelly. Res yw dhyn whelas dhe dhiank."

"Dhe dhiank? Fatla?"

"Ny a yll ponya in mes a anow an Morgy ha tôwlel agan honen aberth i'n mor."

"Yth esta ow côwsel yn tâ, saw me ny allaf neyjya, a Pinocchio wheg."

"Na fors. Te a yll crambla wàr ow scodhow, ha me neb yw neyjyor brav, a wra dha dhon yn saw bys i'n treth."

"Hunrosow, a vab," Geppetto a worthebys in udn shakya y bedn hag ow minwherthyn yn trist:

"Esta ow cresy y hyll Popet try thros'hës in uhelder bos mar grev dhe'm carya vy wàr y scodhow ha neyjya kefrës?"

"Gwra y assaya ha te a wel. Ha wàr neb cor, mars on ny destnys dhe verwel, dhe'n lyha ny a vydn merwel warbarth."

Heb leverel udn ger moy, Pinocchio a gemeras an gantol in y dhorn hag ow mos in rag rag golowy an fordh, ev a leverys dh'y das:

"Gwra ow sewya vy, ha na borth own."

Y a gerdhas pellder brâs der an dorr ha der oll corf an Morgy. Pàn wrussons drehedhes briansen an euthvil, y a savas tecken in udn wortos an prës ewn rag scappya.

Why a dal godhvos fatell o an Morgy pòr goth, hag yth esa ev ow sùffra gans berr-anal ha gans colon wadn, hag ytho constrînys vedha dhe gùsca ha'y anow egerys. Dre rêson a hedna Pinocchio a ylly gweles an ebron leun a sterednow, hag ev ow meras in bàn dre jalla egerys y jy nowyth.

"Devedhys yw an prës ragon ny dhe dhiank," yn medh ev in udn whystra dh'y das. "Yma an Morgy fast in cùsk. Cosel yw an mor hag yth yw an nos mar spladn avell an jëdh. Gwra ow sewya clos, a Das cuv, ha ny a vëdh selwys yn scon."

Kettel leverys ev hedna, y a wrug warlergh an towl. Y a cramblas bys in briansen an euthvil erna dheuthons bys i'n ganow hûjes brâs. Ena res o dhedhans kerdhes wàr vleyn aga besias, rag mar teffens ha cosa tavas hir an Morgy, ev a vynsa martesen dyfuna—ha pandra vynsa wharvos ena? An tavas o mar ledan, ha mar hir mayth o va haval dhe fordh i'n pow. Yth esa an dhew foesyk ow mos dhe dôwlel aga honen aberth i'n mor, pàn wrug an Morgy strewy yn sodyn, ha kepar dell wrug ev strewy, ev a ros jag mar freth dhe Pinocchio ha dhe Geppetto, may whrussons cafos aga honen herdhys wàr aga heyn hag unweyth arta tôwlys aberth in torr an euthvil.

Ha lacka whath, y feu dyfudhys an gantol, ha tas ha mab a veu gesys i'n tewolgow.

"Ha lebmyn?" Pinocchio a wovydnas, sad y vejeth.

"Kellys on."

"Prag yth on ny kellys? Ro dhybm dha dhorn, a Das cuv, ha kebmer with na wrêta slynkya."

"Pleth esta worth ow hùmbrank?"

"Res yw dhyn assaya arta. Deus genef, ha na borth awhêr."

Gans an geryow-na Pinocchio a gemeras dorn y das, hag ow kerdhes pùpprës wàr vleyn aga besias, y a gramblas bys in briansen an euthvil an secùnd treveth. Ena y êth dres oll an tavas ha lebmel dres try rew an dens. Kyns ès y dhe wil an labm dewetha, an Popet a leverys dh'y das:

Gwra crambla wàr ow heyn ha sens ow hodna yn tydn. Me a vydn kemeres with a bùb tra aral."

Kettel veu Geppetto esedhys attês wàr y scodhow, Pinocchio, pòr sur a'n peth esa ev ow qwil, a dowlas y honen aberth i'n dowr ha dallath neyjya. Yth o an mor mar leven avell oyl, yth esa an loor ow spladna yn teg, ha'n Morgy a bêsyas fast in cùsk. Ny vynsa pellen dhyworth godn brâs y dhyfuna.

CHAPTRA XXXVI

Nyns yw Pinocchio Popet na felha.
Yth ywa gwrës maw.

Pàn esa Pinocchio ow neyjya scaffa gylly rag drehedhes an âls, ev a verkyas fatel esa y das, neb o esedhys gawlak wàr y scodhow ha'y arrow hanter-budhys i'n dowr, ow crena yn crev, kepar ha pàn ve va ow sùffra gans an cleves sêson.

Heb leverel udn ger moy, ev a neyjyas yn uskys ow whelas drehedhes an tir scaffa gylly. Heb let ev a verkyas fatell esa Geppetto ow crena hag ow shakya kepar ha pàn esa ev ow sùffra fevyr uhel.

Esa ev ow crena rag own pò rag yêynder? Pyw a wor? Nebes a'n dhew dra martesen. Saw Pinocchio a gresy y das dhe berthy own, hag ev a assayas y gonfortya hag a leverys:

"Bëdh a golon dhâ, a Das. Kyns pedn termyn cot ny a vëdh salow wàr an tir."

"Saw ple ma an treth benegys-na?" an cothwas bian a wovydnas, hag ev dhe voy ha dhe voy anês in udn whelas gwana an skeusow abell.

"Ottavy ow meras a bùb tu, saw ny welaf vy ma's mor hag ebron."

"Me a wel an treth," yn medh an Popet. "Porth cov, a Das, me dhe vos kepar ha cath. Me a wel gwell i'n nos ès i'n jëdh."

Pinocchio truan a omwruk cosel ha contentys, saw nyns o va indella poynt. Yth esa dyspêr ow tallath y dhalhedna, yth esa y nerth ow tyberth dhyworto, hag yth esa y anal ow tevy dhe voy lavurys. Ev a gresy na ylly pêsya pelha moy, hag yth esa an treth whath pell dhywortans.

Ev a neyjyas in rag nebes pelha. Ena ev a drailyas dhe Geppetto ha cria in mes fest gwadn:

"Gweres vy, a Das, rag yth esoma ow merwel."

Yth esa tas ha mab ow mos dhe vos budhys pàn glôwsons lev kepar ha gyttern ronk ow kelwel in mes a'n mor:

"Pandr'yw an mater?"

"Me ha'm tas truan."

155

"Aswonys yw an lev-na dhybm. Te yw Pinocchio."

"Ov poran. Ha pyw osta jy?"

"Me yw an Tûna, dha goweth in torr an Morgy."

"Ha fatla wrusta scappya?"

"Me a sewyas dha exampyl jy. Te yw hedna neb a dhysqwedhas an fordh dhybm, ha warlergh why dhe dhyberth, me a'gas sewyas."

"A Dûna, te yw devedhys i'n prës ewn. Me a'th pës a'th kerensa rag dha flehes, an pùscas bian, gweres ny, poken kellys on."

"Gans plesour brâs in gwir. Gwrewgh glena orth ow lost, agas dew, ha gesowgh vy dh'agas lêdya. Heb let why a vëdh salow wàr an tir.

Dell yllowgh why desmygy yn êsy, ny wrug Geppetto ha Pinocchio sconya an galow-na. In le a gregy wàr y lost, y a gresy y fedha gwell crambla wàr geyn an Tûna.

"On ny re boos dhis?" Pinocchio a wovydnas.

"Poos? Nag owgh màn. Yth owgh why mar scav avell cregyn gwigh," an Tûna a worthebys, rag ev o mar dhâ avell margh dyw vloodh.

Kettel wrussons drehedhes an treth, Pinocchio a veu an kensa dhe lebmel wàr an dor dhe weres y das coth. Ena ev a drailyas dhe'n pysk ha leverel dhodho:

"A gothman cuv, te re selwys ow thas, ha ny'm beus geryow lowr rag aswon grassow dhis. Gas vy dhe'th vyrla avell tôkyn a'm grassow eternal."

An Tûna a herdhyas y dron in mes a'n dowr ha Pinocchio êth wàr nans wàr y dhêwlin wàr an tewas hag abma dhodho pòr garadow wàr an vogh. Pàn gafas an Tûna an bay hegar-na, dre rêson nag o va ûsys dhe gerensa mar dender, ev a olas kepar ha flogh. Ev a gemeras kebmys meth ha sham, may whrug ev trailya yn uskys, ha tôwlel y honen aberth i'n mor ha mos mes a wel.

I'n men-termyn an jëdh o terrys.

Pinocchio a offras y vregh dhe Geppetto, o mar wadn, scant na ylly sevel, ha Pinocchio a leverys dhodho:

"Gwra posa wàr ow bregh, a Das cuv, ha deun alebma. Ny a wra kerdhes pòr, pòr lent, ha mar pedhyn ny sqwith, ny a yll powes ryb an fordh."

"Ha pleth eson ny ow mos?" Geppetto a wovydnas.

"Dhe whelas chy pò crow, may fëdh an bobel mar dhâ dhe ry nebes bara dhyn ha nebes cala dhe gùsca warnodho."

Nyns êns y gyllys moy ès cans stap, pàn welsons dew was garow esedhys wàr men hag ow whelas alusonow.

Yth êns y an Lowarn ha'n Gath, saw scant ny alsa nebonen aga aswon, mar anfusyk o aga semlant. An Gath, wosa omwil dall kebmys bledhydnyow a gollas syght y lagasow in gwir. Ha'n Lowarn, coth, tanow ha blogh yn tien ogasty, a gollas y lost kyn fe. An lader fel-na o codhys in bohosogneth uthyk, hag udn jëdh ev a veu constrînys dhe wertha y lost teg rag neb tra dhe dhebry.

"Ogh, Pinocchio," ev a grias, trist y lev. "Ro dhyn nebes alusonow, ny a'th pës. Ny yw coth, sqwith ha clâv."

"Clâv," a leverys an Gath wàr y lergh.

"Duw genowgh, a fâls-cothmans," an Popet a worthebys. "Why a wrug ow thùlla unweyth, saw ny wrewgh why ow hyga nefra arta."

"Crës dhyn. Hedhyw yth on ny bohosak in gwir hag ow merwel dre nown."

"Dre nown," an Gath a leverys wàr y lergh.

"Mars owgh why bohosak, yth yw hedna dendylys genowgh. Perthowgh cov a'n lavar coth: 'Nyns uys mona ledrys nefra ow soweny.' Duw genowgh, a fâls-cothmans."

"Kebmer pyteth ahanan."

"Ahanan."

"Duw genowgh, a fâls-cothmans. Perthowgh cov a'n lavar coth: 'Yma drog-waneth pùpprës ow qwil tebel-bara.'"

"Na wrewgh agan forsâkya."

"Forsâkya," yn medh an Gath wàr lergh y gothman.

"Duw genowgh, a fâls-cothmans. Perthowgh cov a'n lavar coth: 'Pynag oll a laddro hevys y gontrevak, ev a wra merwel heb hevys vëth.'"

Wosa kemeres cubmyas teg, Pinocchio ha Geppetto êth yn cosel wàr aga fordh. Wosa nebes stappys moy, y a welas orth pedn fordh hir coos bian hag ino penty gwrës a gala.

"Res yw bos nebonen tregys i'n crow bian-na," yn medh Pinocchio. "Gesowgh ny dhe weles ragon agan honen."

Y êth hag a gnoukyas wàr an daras.

"Pyw usy ena?" yn medh lev bian wàr jy.

"Tas bohosak ha mab moy bohosak whath, heb boos ha heb to a-ughtans," an Popet a worthebys.

"Trailyowgh an alwheth ha'n daras a wra egery," yn medh an keth lev bian.

Pinocchio a drailyas an alwheth ha'n daras a egoras. Kettel wrussons entra, y a veras obma hag ena, saw ny welsons den vëth.

"Hô, hô, ple ma perhen an crow-ma?" Pinocchio a grias hag ev sowthenys brâs.

"Ottavy obma. Yth esoma obma avàn."

Tas ha mab a veras in bàn bys i'n nen, hag ena owth esedha wàr jist yth esa Gryll an Cows.

"Ô, a Gryll cuv," yn medh Pinocchio ow plêgya yn cortes.

"Â, lebmyn yth esta worth ow gelwel dha Gryll cuv, saw a nyns esta ow remembra pàn wrusta tôwlel dha vorthol orthyf rag ow ladha?"

"Yma an gwir genes, a Gryll cuv. Towl morthol orthyf lebmyn. Yth yw hedna dendylys genef. Saw gwra sparya ow thas coth truan."

"Me a vydn sparya tas ha mab kefrës. Nyns en vy ma's whensys dhe remembra dhis an prat a wrusta gwary dhybm, may hallen desky dhis fatell yw res dhyn bos hegar ha cortes dhe bobel erel, mars en ny whensys dhe gafos caradêwder ha cortesy in dedhyow agan anken agan honen."

"Yma an gwiryoneth genes, a Gryll bian; hag yma dhis moy ès an gwiryoneth, ha me a vydn perthy cov a'n lesson a wrusta desky dhybm. Saw a vynta derivas dhybm fatell wrusta spêdya dhe berna an penty bian teg-ma?"

"Y feu an chy-ma rës dhybm de gans Gavar vian, blou hy gols."

"Ha pleth yw gyllys an Avar?" Pinocchio a wovydnas.

"Ny worama."

"Ha pana dermyn a wra hy dewheles?"

"Ny wra hy dewheles nefra. De hy a dhyberthas yn trist in udn vryvya, ha dell hevelly dhybm, hy a leverys, 'Pinocchio truan, ny wrama y weles nefra arta. Res yw fatell wrug an Morgy y dhebry warbydn lebmyn.'"

"A veu an re-na hy geryow gwir? Ena hy o, yth o hy—ow Fay vian guv," Pinocchio a grias, in udn ola yn wherow. Wosa ev dhe ola termyn hir, ev a dhesehas y lagasow, hag ena ev a wrug gwely a

gala rag Geppetto coth. Ev a'n settyas warnodho ha leverel dhe Gryll
an Cows:

"Derif dhybm, a Gryll bian, ple hallaf vy cafos gwedren a leth rag
ow thas truan?"

"Yma Jowan Tiak tregys neb try gwel alebma. Yma dhodho nebes
buhas. Kê dhy hag ev a re dhis a ves ow tesîrya."

Pinocchio a bonyas oll an fordh bys in chy Jowan Tiak. An Tiak a
leverys dhodho:

"Pygebmys leth a garses?"

"Leun-wedren."

"Yma leun-wedren ow costya udn dheneren. Ro dhybm an
dheneren kyns."

"Me ny'm beus mona vëth," Pinocchio a worthebys, trist ha
methek.

"Pòr dhrog, a Bopet wheg," an Tiak a worthebys. "Pòr dhrog.
Mar nyns yw deneren dhis, me ny'm beus leth vëth."

"Re dhrog," yn medh Pinocchio hag ev a dhalathas dyberth.

"Gorta pols," yn medh Jowan Tiak. "Martesen ny a yll gwil ambos.
A wodhesta fatla wrer tedna dowr in mes a fenten?"

"Me a yll y assaya."

"Ena kê bys i'n fenten a welyth dres ena ha gwra tedna dhybm udn
cans bùket a dhowr."

"Dâ lowr."

Jowan Tiak a dhros an Popet bys i'n fenten hag a dhysqwedhas
dhodho fatla wrer tedna an dowr. Pinocchio a dhalathas lavurya
gwella gylly, saw kyns na pell ev a wrug tedna in bàn an cans bùcket.
Ev o sqwith ha glëb gans whes. Bythqweth ny wrug ev lavurya mar
gales."

"Bys i'n jëdh hedhyw," yn medh an Tiak, "ow asen re wrug tedna
an dowr ragof, saw lebmyn yma an best truan ow merwel."

"A vynta jy ow dry dh'y weles?" yn medh Pinocchio.

"Yn lowen."

Kettel wrug Pinocchio entra i'n crow, ev a welas Asen bian ow
crowedha wàr wely cala i'n gornel. An Asen o lavurys dre nown ha
dre re a lavur. Wosa meras orto termyn hir, ev a leverys dhodho y
honen:

"Aswonys yw an Asen dhybm. Me re'n gwelas solabrës."

Hag ev a bosas yn isel dresto ha leverel in radnyêth an asenas, "Pyw
osta jy?"

Pàn glôwas ev an qwestyon-na, an Asen a egoras y lagasow sqwith
ha gwadn, hag a worthebys i'n keth radnyêth:

"Me yw Bûben."

Ena ev a dhegeas y lagasow hag a veu marow.

"Ogh, Bûben truan," yn medh Pinocchio yn feynt, hag ev ow
teseha y lagasow gans nebes cala a wrug ev derevel dhywar an dor.

"Esta ow kemeres pyteth a'n asen bian-na, na wrug costya tra vëth
dhis?" yn medh an Tiak. "Pandra dalvia dhybmo vy gwil—rag me a
wrug pe mona dâ ragtho?"

"Saw te a wel fatell o va ow hothman vy."

"Dha gothman?"

"Yth esa ev in udn class genama i'n scol."

"Pywa?" Tiak Jowan a grias, ow codha in wharth. "Yth esa asenas
i'th scol jy? Assa wrussowgh why studhya!"

An Popet a gemeras sham orth an geryow-na hag ev a veu offendys
brâs. Saw ny worthebys ev ger vëth mès kemeres an wedren a leth
ha dewheles dh'y das."

Dhyworth an jëdh-na in rag dres moy ès pymp mis, Pinocchio a
sevy in bàn pùb myttyn avarr, pàn esa an jëdh ow tardha, ha mos
dhe'n bargen tir rag tedna dowr. Ha kenyver jorna y fedha rës
dhodho gwedren a leth tobm rag y das coth truan, neb a devy dhe

greffa dëdh wosa dëdh. Saw nyns o Pinocchio contentys gans hedna. Ev a dheskys fatla wrer canstellow a gors hag ev a's gwertha. Gans an mona dendylys ganso indella, ev ha'y das a ylly sensy aga honen dhyworth merwel a nown.

In mesk taclow erel ev a wrug chair rosow, crev hag attês, may halla va kemeres y das coth in mes in dadn an ebron pàn o teg an awel.

Pùb gordhuwher an Popet a wre studhya gans golow an lantern. Gans nebes a'n mona dendylys ganso ev a bernas dhodho y honen lyver, esa nebes folednow ow fyllel dhyworto. Dre weres an lyver-na ev a dheskys redya in termyn pòr got. Ow tùchya screfa, ev a ûsya gwelen hir esa min sherp gwrës ganso orth udn pedn anedhy. Ny'n jeva ev ink vëth; rag hedna ev a wre devnyth a vorednow du pò a geres. Tabm ha tabm y dhywysycter a vedha rewardys. Ev a spêdyas in y studhyansow, hag in y ober kefrës, ha'n jëdh a dheuth pàn o mona lowr cùntellys ganso rag sensy y das coth in confort hag in lowena. Ha pelha ev a ylly selwel an sùmen vrâs a hanter-cans deneren. Gans an mona-na ev a garsa perna sewt nowyth a dhyllas dhodho y honen.

Udn jëdh ev a leverys dh'y das:

"Yth esoma ow mos dhe'n varhas dhe berna jerkyn, cappa ha pair eskyjyow dhybm. Pàn wrellen dewheles, me a vëdh gwyskys mar fin, te a vydn cresy ow bosama den rych."

Ev a bonyas in mes a'n chy ha'n fordh in bàn bys i'n tre vian, hag ev ow wherthyn hag ow cana. Yn sodyn ev a glôwas nebonen ow kelwel y hanow, ha pàn drailyas ev adro dhe weles pyw esa worth y elwel, ev a welas bùlhorn brâs ow cramya in mes a nebes bùshys.

"A nyns esta worth ow aswon?" yn medh an Bùlhorn.

"Esof ha nag esof."

"Esta ow perthy cov a'n Bùlhorn o tregys gans Fay Blou hy Gols? A nyns esta ow perthy cov fatell wrug ev egery an daras dhis ha ry dhis neppÿth dhe dhebry?'

"Yth esoma ow remembra pùptra," Pinocchio a grias. "Gorthyp yn scon, a Vùlhorn teg, ple whrusta gasa ow Fay vy? Pandr'usy hy ow qwil? A wrug hy gava dhybm? Usy hy whath orth ow hara vy? Usy hy pell dhyworth an tyller-ma? A allama hy gweles?"

Oll an qwestyons-na a dheuth in mesa ow codha an eyl wàr y gela. An Bùlborn, mar gosel avell bythqweth, a worthebys:

"Pinocchio wheg, yma an Fay ow crowedha clâv i'n clâvjy."

"I'n clâvjy?"

"Eâ, in gwir. Hy re beu gweskys gans anfeus ha gans cleves. Ha nyns yw gesys dhedhy deneren kyn fe rag perna bara."

"In gwir? Ogh, ass yw hedna drog genef. Ow Fay wheg vian. A pe myllyon puns dhybm, me a vynsa ponya dhedhy gansans. Saw ny'm beus ma's hanter-cans deneren. Ottensy. Yth esen ow mos dhe berna nebes dyllas. Dar, tan y, a Vùlhorn bian, ha roy y dhe'm Fay dhâ."

"Pandra wrêta adro dhe'n dyllas nowyth?"

"Nyns yw hedna bern dhybm. Me a garsa gwertha an cloutys-ma usy adro dhybm rag hy gweres dhe voy. Kê ha gwra fystena. Dewhel obma kyns pedn nebes dedhyow hag yma govenek dhybm y fêdh moy mona genef dhis. Bys i'n jêdh hedhyw me re beu ow lavurya rag ow thas. Lebmyn res vêdh dhybm lavurya rag ow mabm kefrës. Duw genes, hag yma govenek dhybm me dhe'th weles arta kyns na pell."

An Bùlhorn, warbydn y ûsadow a dhalathas ponya kepar ha pedrevan in dadn howl an hâv.

Ha pàn wrug ev dewheles tre, y das a wovydnas orto:

"Ha ple ma an sewt nowyth?"

"Ny yllyn trouvya sewt vëth a wrella ow fyttya. Me a res whythra sewt neb dëdh aral."

An nos-na, in le a vos dh'y wely orth deg eur Pinocchio a wortas bys i'n hanter-nos, hag in le a wil eth canstel, ev a wrug whêtek canstel. Wosa hedna ev êth dh'y wely ha codha in cùsk. Pàn esa ev ow cùsca ev a wrug hunros a'y Fay, hy teg, ow minwherthyn ha lowen. Hy a abmas dhodho ha leverel dhodho, "Gwrës dâ, Pinocchio. Avell gweryson rag dha golon garadow, me a vydn gava dhis oll dha debel-fara i'n termyn eus passys. Yma gormola dendylys gans an vebyon-na a vo ow kemeres with a'ga herens pàn vowns y coth ha clâv, kyn na yll martesen aga ûsya avell examplys dâ a fara teg ha gostyth. Gwra pêsya gans an fara dâ, ha te a vëdh lowen."

I'n very prës-na Pinocchio a dhyfunas hag a egoras y lagasow. Assa veu va sowthenys hag assa veu va lowen pàn welas nag o va Popet na felha, mès ev dhe vos gwrës gwir-vaw bew. Ev a veras oll adro hag in le a'n fosow a gala, ev a gafas y honen in chambour bian afînys yn teg, an chambour tecka a welas ev bythqweth. Heb let ev a labmas in mes a'y wely dhe veras orth an chair esa ow sevel in nes. Ena ev a gafas sewt nowyth, cappa nowyth ha pair eskyjyow.

Kettel wrug ev gwysca y honen, ev a worras y dhêwla in y bockettys ha tedna in mes pors bian a lether, ha screfys warnodho yth esa an geryow-ma:

Yma Fay, Blou hy Gols, ow ry arta dh'y Pinocchio cuv an hanter-cans deneren gans meur râss a'y golon hegar.

An Popet a egoras an pors rag gweles an mona, ha mir, yth esa hanter-cans bath a owr ino.

Pinocchio a bonyas dhe'n gweder meras. Scant ny wrug ev aswon y honen. Yth esa fâss spladn a vaw uhel ow meras orto, ledan-egerys y lagasow blou, gorm y vlew ha jolyf y wessyow, esa minwharth warnodhans.

Drefen bos kebmys splander adro dhodho, scant ny wodhya an Popet pandr'esa ev ow qwil. Ev a rùttyas y lagasow dywweyth ha tergweyth, hag ev ow covyn orto y honen esa ev whath ow cùsca, pò o va yn tyfun. Ev a erviras fatell o va dyfunys.

"Ha ple ma ow thas?" ev a grias dystowgh. Ev a bonyas aberth i'n nessa chambour, hag otta dhyragtho Geppetto, neb o tevys bledhydnyow yonca dres nos. Ev o Maestro Geppetto arta, an kervyor a bredn, hag yth esa ev ow conys rag gwil fràm teg pyctour, worth y afina gans flourys, gans delyow ha gans pednow bestas.

"A Das, a Das, pandr'yw wharvedhys? Lavar dhybm mar kylta," Pinocchio a grias, hag ev a bonyas ha lebmel orth codna y Das.

An chaunj sodyn-ma in agan chy yw dha wrians jy yn tien, a Pinocchio cuv," Geppetto a worthebys.

"Pëth a wrug avy rag y jaunjya?"

"Yth yw an mater sempel lowr. Pàn wrella mebyon chaunjya ha forsâkya aga thebel-fara dhe vos dâ ha caradow, y a's teves an gallos dhe wil aga thre lowen ha leun a joy."

"Dâ via genef godhvos ple ma an Pinocchio coth a bredn ow keles y honen."

"Otta va ena," Geppetto a worthebys. Hag ev a dhysqwedhas Popet brâs ow posa warbydn chair, y bedn trailys adenewen, y vrehow ow cregy dyfreth, ha'y arrow cabmys in dadno.

Wos meras orto termyn hir, Pinocchio a leverys dhodho y honen gans lowender brâs:

"Assa veuma wharthus, pàn en vy Popet. Ha pana lowen oma dhe vos maw in gwiryoneth!"

GERVA

adamantys diamonds
alabauster alabaster
ancresadow incredible
arsmetryk arithmetic
artystyon artistes (*circus*)
asen, asenas donkey, donkeys
aval kerensa tomato
barrya to bar (*a door*)
beggyer beggar
benk carpenter's bench
berr-anal asthma
blejednek floral
bockyl, boclys buckle, buckles
bombas cotton wool
boos stênys tinned food
boxys a danbrednyer boxes of
   matches
byldya to build
cabester noose
câken, câkys cake, cakes; câkys
   wheg sweet cakes
calcorieth calculation, arithmetic
calgh chalk
canary, canarys canary, canaries
canker, kencras crab, crabs
cantolyow cor wax candles
casek coos woodpecker
cawlvlejen cauliflower
cloppek lame, limping
cloppya to limp
clot-boffen tripe
côcha coach
côchor coachman
codna gwydn, codna gwydnas
   weasel, weasels
conclûdya to stump, to confound

conyn rabbit
crampes avallow apple pies
crampethen omelette
cryghlebmel to somersault
cyvyl livery
de Halan Genver on New Year's
   Day
dehen whyppys whipped cream
deraylya to scold
descrefa to describe
dewas lymon lemonade
dianowy to yawn
dorydhieth geography
drehevyans building
dreynak, dreynogas spiny dogfish,
   spiny dogfishes
dylost without a tail, tail-less
dyrusca to shave, to peel
dyvlesys disgusted
el esker shin
etew log of wood
exampyl, examplys example,
   examples
excepcyon exception
faitour cheat, charlatan
fâls-blew wig
fesons pheasants
fog hearth
fol, felyon fool, fools
forest, forestys forest, forests
fria to fry
fylosofer philosopher
ganow cabm, ganowas cabm
   anchovy, anchovies
ganowas mouthful
God spêda dhis! God bless you!

165

gorsym gorilla
grappys sëgh raisins
grugyer partridges
grugys scoodh sling (*for the arm*)
gwardya to guard
gwaryjy popettys puppet theatre
gwaryva stage, theatre
gwastellow waffles
gwedhen grappys grapevine
gwethyas cres carabiniere, gendarme
gwydnak, gwynogas whiting, whitings
gwygbës chickpeas
gwyll vagabond
gwylter mastiff, large dog
gwythien vein, blood vessel
gwythres dâ good deed
hôk hawk
hunegan dormouse
idyot idiot
istory history
jàm jam
jenerals generals
jerkyn coat, jacket
kentrydna to incite, to urge
keryn tub
kevrînek mysterious
kilben back of the head, occiput
ky helghya hunting dog, fox hound
kyjy kennel
levna to level, to plane
lodrow owrlyn silk stockings
logel coffin
losk treys chilblain
lyth, lythas flounder, flounders
lyver abecedary spelling book
maglen, maglednow trap, traps
marbel marble (*material*)
marblednow marbles (*game*)
margh dall blind-man's buff
medal medal
mehal, mehelly mullet, mullets (*fish*)
menestrouthy band, orchestra
minvlew moustache
mynchyor truant

myster trade, occupation
omdhegyans behaviour
omdhyvlâmya to aapologize
pasbord cardboard
payon, payonas peacock, peacocks
pedrevan lizard
pel droos football
pellscrîven telegram
peren, perednow pear, pears
performyans performance
piga to pick, to peck
plysken knofen nutshell
polca polka
pot a fa a pot of beans
pôtya to kick
promyssya to promise
pùdyn choclet chocolate pudding
pùnyshment punishment
pùnyshya to punish
pyffya to puff
pystol pistol
pytethus piteous
qwallok hulking fellow
qwylkyn frog
Ragwelesygeth Venegys! Blessed Providence!
referrya to refer
regythen, regyth ember, coal; embers, coals
rejyment regiment
scobmow plainys wood shavings
scoch hopscotch
scochfordh back street, shortcut
scrisellow posters
sêcret secret
sensacyon sensation, feeling
shoppa shop, workshop
shùgra sugar
solempnya to celebrate
sprynga spring (*mechanical device*)
sten a hern a tin of sardines
stlevy to stutter
strew a sneeze
strewy to sneeze
sym monkey

syrop, syropys syrup, syrups
tabour drum
tesednow alamandys almond cakes;
  tesednow cales biscuits
toos dough
torgh ky dog's collar
toulys tools
trist'he to sadden
trogow tedna drawers (*in furniture*)
troncas bath, act of bathing
tyck tag (*catching game*)
tycky-duwas butterflies
unform uniform
ùngrassys graceless, wicked
velvet velvet
vùltur vulture
walts waltz
whyrny to whirr
yar Gyny turkey
ÿs Eyndek Indian meal, maize

Henwyn Personek
ha Henwyn Tyleryow

Afryca Africa
Alidoro Alidoro (*given name of the dog which chases Pinocchio*)
Ameryca America
Attyla an Mor Attila of the Sea (*nickname of the Terrible Shark*)
Bës Nowyth, an the New World, America
Bran; an Vran the Raven (*a doctor summoned by the Girl with Blue Hair*)
Bûben Lampwick (*nickname of Romeo*)
Bùlhorn, an the Snail
Canker, an the Crab
Cath; an Gath the Cat (*the fox's accomplice in defrauding Pinocchio*)
Codnas Gwydn, an the Martens
Colom; an Golom the Pigeon (*who carries Pinocchio to the coast*)

Cyta Cachya-Scogydnow Catchfool City
Debror Tan Fire-Eater (*alias of the Director of the puppet theatre*)
Den an Glow the Coalman
Den Bian, an the Little Man (*who takes boys to Funland to become donkeys*)
Enys an Gwenyn Dywysyk the Island of Industrious Bees (*also called Pow an Gwenyn Dywysyk*)
Eugene Eugene (*one of Pinocchio's classmates*)
Ewrop Europe
Faucun, an the Falcon
Fay, an the Fairy (*another name for Mowes Teg Blou hy Gols*)
Gavar; an Avar the Goat
Gepetto Gepetto (*Pinocchio's father and a wood-carver*)
Governour Wordhy Respected Governor (*a title used for the Puppetteer*)
Gryll an Cows the Talking Cricket
Gwel an Merclys the Field of Miracles
Gwethyas Cres, an the Carabiniere, the Gendarme
Gweythor Chy, an the Builder
Harleqwyn Harleqwyn (*a puppet*)
Hunegan, an the Dormouse (*co-tenant of Pinocchio's in Funland*)
Jailer, an the Jailer
Jowan Tiak Farmer John (*for whom Pinocchio grinds corn*)
Jùstys, an the Magistrate
Kevarwedhor, an; Kevarwedhor Gwaryjy an Popettys the Director (*of the puppet theatre*)
Ladhoryon Gudh, an the Assassins (*alias of the Cat and the Fox*)
Lowarn, an the Fox (*who with the Cat defrauds Pinocchio*)
Mabmyk Mummy (*the Fairy when she has grown; mother of Eugene also*)

Maestro Antonio Master Anthony (*a carpenter*)

Maestro Keresen Master Cherry (*Master Anthony's nickname*)

Medoro Medoro (*given name of the Poodle*)

Melampo Melampo (*name of the farmer's late guard dog*)

Mêster an Cyrcùs the Circus Master (*who trains and exhibits Pinocchio as a donkey*)

Mêster Godhvos Pùptra Mr Know-It-All (*impolite nickname given to Pinocchio by his classmates*)

Mêster Pysk Mr Fish (*what Pinocchio incorrectly calls the Dolphin*)

Mêstres Rosaura Miss Rosaura (*a member of the Puppet Theatre*)

Mola; an Vola Dhu the Blackbird (*killed and eaten by the Cat*)

Morgy Uthyk, an the Terrible Dog-fish (*who swallows Geppetto and later Pinocchio also*)

Morhogh, an the Dolphin

Mowes Teg; an Vowes Teg Blou hy Gols the Beautiful Girl with the Blue Hair (*also known as an Fay*)

Ost an Chy Mine Host (*of the Red Lobster Inn*)

Peneglos an Re Marow the Cathedral of the Dead

Perhen an Cyrcùs the Owner of the Circus (*another name for the Circus Master*)

Peswar Conyn, an the Four Rabbits (*bearers of Pinocchio's coffin*)

Pinocchio Pinocchio (*Gepetto's name for his puppet*)

Polendina Gepetto's nickname, (*meaning 'with a wig as yellow as polenta'*)

Popet, an the Puppet (= *Pinocchio*)

Popynjy, an the Parrot

Pow an Bobbys Land of Fools

Pow an Gwenyn Dywysyk the Land of Industrious Bees

Pow an Tegydnow Funland (*where idle Pinocchio becomes a donkey*)

Prëv Golow, an the Glow Worm

Pûdel, an the Poodle

Pùlcinella Pulcinella, Punch (*a puppet*)

Pùscador Gwer, an the Green Fisherman (*who almost fries Pinocchio*)

Romeo Romeo (*given name of Pinocchio's best friend*)

Serpont, an the Snake

Tasyk Daddy (*what Pinocchio calls his father*)

Tavern an Legest Rudh the Red Lobster Inn

Tiak, an the Farmer

Tûna, an the Tuna fish

Ûla, an the Owl (*doctor summoned by the Girl with Blue Hair*)

Ydhnyk, an the Chick